黒幕令嬢なんて心外だわ！

素っ頓狂な親友令嬢も初恋の君も私の手のうち

野菜ばたけ

23573

角川ビーンズ文庫

CONTENTS

プロローグ 007

第一章 素っ頓狂な友人令嬢のせいで、一肌脱がざるを得ません 018

幕間 ヒマワリの夢 101

第二章 浅慮な殿下を矯正するため、素敵な妃を立てましょう 113

幕間 何度も会いたくなる手紙 211

第三章 夢のために、どうしても負けられない闘いに挑みます 214

エピローグ 264

あとがき 276

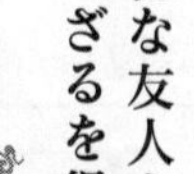

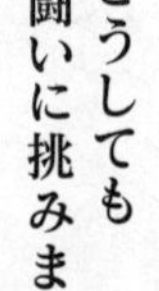

ゼナード・
セントーリオ
有能な外交官。
シシリーの初恋の
侯爵。
シシリー・
グランシェーズ
公爵令嬢だが
外交官になるのが
夢。

黒幕令嬢なんて心外だわ！
素っ頓狂な親友令嬢も初恋の君も私の手のうち

CHARACTERS

エレノア・パールスタン

シシリーの親友の『素っ頓狂令嬢』。天然だが洞察力はある。

ルドガー

王太子。『浅慮の阿呆』。ローラと婚約している。

ローラ・カードバルク

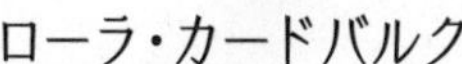

ルドガーの婚約者。『淑女の鑑』『聖女様』と名高い公爵令嬢。

モルド・ドリートラスト

侯爵家次期当主。いつもエレノアをからかいじゃれ合っている。

本文イラスト／赤酢キエシ

プロローグ

レッドカーペットの先で陛下にひざまずく彼の姿に、六歳だった頃の私は瞬きする事さえ忘れた。

彼はお父様の、年の離れた友人だ。

よく屋敷に遊びに来ては、十一も年下の私の話を穏やかな表情で聞いてくれる。物腰が柔らかくて、とても優しい人だった。

だからまず、驚いた。謁見の間、参列客の最前列にならんでいた私に見えたのは、颯爽と入場してきた彼の凛々しい姿だったから。

そして、惹きつけられたのだ。スッと通った鼻筋に、優しげな目元。いつもの彼の筈なのに、いつもと違う精悍な表情に。

「国営において、人は宝。その宝を弁舌で守った貴殿の手腕には、武力を以て他国と戦う以上の価値がある」

大きな窓からまっすぐ射し込んだ光が、彼を照らし出している。

——まるで天に祝福されているみたい。

静まり返った室内で、陛下の低い声を聞きながら、どこか幻想的な景色にそんな感想を抱いた。

「ゼナード・セントーリオ侯爵、貴殿の献身によって、我が国は戦争を回避し得た。貴殿のお陰で今日の国の平和がある。その功績をここに讃え、勲章を授けるものとする。——今後も期待しておるぞ」

「ありがたき幸せにございます。今後も日々、精進いたします」

それは正しく、陛下も認めた『国の英雄』の誕生だった。

誰もが皆、弱冠十七歳の青年に拍手喝采を贈った。

「陛下が直接、形式外のお声を掛けられるとは」

「やはり、流石は十六歳で外交官試験を突破しただけの事はある。今後が実に楽しみだ」

大人たちの称賛の間を縫うようにして、私は彼のもとへと急いだ。

私だって公爵令嬢だ、幼い頃からレディーとしての立ち居振る舞いは叩きこまれている。走ってはいけない。それくらいは弁えていた。はやる気持ちを抑えながら、早歩きで彼の姿を捜す。

「シシリー」

お父様がすぐ後ろから私を呼んだ。振り返れば、優しい顔で顎をしゃくる。

そちらに目を向けて、見つけた。皆に囲まれ、よそ行きの顔で立つ彼を。

「ゼナードお兄さまっ」

嬉しくて思わず上げた声に、彼が振り向き私を見つけた。

瞬間、彼の表情がふわりとほどける。

いつものお兄様なのに、何故だろう。胸がギュッと締め付けられて戸惑いながらも、「おめでとう。ゼナードお兄さま！」と告げる。

誰もが皆、お兄様を褒め称えている。だから彼もきっと嬉しいはずだ。そう思っていたのだけれど「ありがとう、シシリー」と答えた彼は、何故か困ったような笑みを浮かべていた。

不思議に思っていると、優しい声が答えてくれる。

「叙勲を受ける事自体は、名誉な事だと思うのだけどね。私はあくまでも外交官として、己の職分を全うしたにすぎないんだ」

「きっとコイツは『ただ当たり前の事をしただけなのに』と、褒められる事に居心地の悪さを感じているんだよ、シシリー」

お父様にそう教えてもらって、やっと少しだけ納得する。

彼が自分の仕事に誇りを抱いている事は、私もよく知っていた。

普段は寛容な人だけど、仕事の話になると別。厳しく真摯に向き合っているからこそ、たとえ相手が子どもでも、間違った認識は言葉を惜しまずに正そうとする。

お父様曰く「仕事に対して堅物」らしいが、私はそんな彼も好きだ。

「しかしな、ゼナード。お前は『関係悪化で開戦も秒読み』とさえ言われていた隣国相手に、一滴の血も流さずに事を収めてみせたのだ。言わば、この国を救った英雄だ。陛下も公にお認めになった。謙虚なのは結構だが、あまり過ぎるとやっかみを買うぞ？」

流石は年上の貫禄か。お父様が窘めるように言えば、お兄様は少し反省したように笑う。

「すみません、でもどうしても落ち着かなくて」

「お前の欠点は、その真面目すぎる所だ。周りの反応の変わりようなど『そうですか』とその辺に放っておけ」

大仰に笑ったお父様に「敵わないなぁ」と言いながらお兄様が頬を掻いた。

そんな二人を見上げて『お父様ずるい！　私もお兄様と話したい！』と思った。だからお父様から取り返すような気持ちで、せがむように彼の袖を引く。

「ねぇゼナードお兄さま。お兄さまは、だれかに勝ったの？」

お父様の言葉を拾って、お兄様に問いかけた。

英雄と言えば、英雄譚の主人公だ。誰かと戦い、勝利を収め、最後は平和を手に入れる。

だからきっとお兄様も、そうなのだと考えた。

それってとてもすごい事だ。とてもカッコいい事だ。きっとワクワクするような武勇伝が聞けるに違いないと、何の疑いもなく期待した。

しかし予想は大きく外れる。

「うーん、私は勝ってはいないよ」

「『えいゆう』なのに、勝っていないの？」

「私は外交官だからね。対話によって友和と共生の道を探すのが仕事であって、必ずしも相手を負かす必要はないんだよ」

「『ゆうわ』と『きょうせい』？」

「相手とちゃんと話して分かり合って、もし双方にとってより良い関わり方ができれば、喧嘩する必要はなくなるだろう？」

それは例えば、お菓子を横取りされそうになった時に、伸びてきた手をペチッと叩いて阻止するのではなく、きちんと口で言って聞かせる……という事だろうか。

お父様にいつも言われていた。「横取りしようとするルドガー殿下も悪いけれど、シシリーもう少し平和的な解決を模索すべきだよ」と。

だけど殿下は何度言っても、お菓子の横取りをしようとする。だから私は結局彼の手をペチンとやる事でしか、自分のお菓子を守れない。

でもきっとお兄様はそれを、言葉だけでちゃんと解決できるのだろう。

やっぱりお兄様はすごい。少なくとも私にはできない事だ。

「君の思い描いた英雄じゃなくて申し訳ないけれど」

「なんで謝るの？　カッコいいよ？」

眉尻を下げて申し訳なさそうにしたお兄様に、首をかしげながら言った。

彼は少し驚いて、すぐにどこかくすぐったそうに笑う。

「そうか、ありがとう」

仕事ぶりを「カッコいい」と評されて、よほど嬉しかったのか。照れたように目を細めた彼は、今日一番の嬉しそうな顔だった。

胸がまた、ギュッとなった。

理由は分からない。けれど、彼を独り占めしたいような衝動に駆られた。

でもお兄様はいつも忙しい。きっとまたすぐに仕事で国外に行ってしまう。

仕方がない事だけれど、モヤッとして彼の服の裾をギュッと握る。

「ねぇゼナードお兄さま」

「どうしたんだい？　シシリー」

遠くへ行ってほしくないなら、この手を離さなくてもいい方法を考えるしかない。

幼いながらの真剣さが彼にも伝わったのだろうか。わざわざしゃがんで目線を合わせてくれた彼に、意を決して口を開く。

「わたし、大きくなったらゼナードお兄さまのお嫁さんになる！」

彼からすれば、さぞ唐突な申し出に思えただろう。それでも私には、名案にしか思えなかった。

だって私は知っていたのだ。誰かとずっと一緒にいるための一番確実で最強な方法は、その人のお嫁さんになる事だと。お祖母様が、前にそう教えてくれたのだから間違いない。

胸を張った私に、彼は切れ長の目を見張った。しかしそれもすぐに苦笑に変わる。

「シシリーが立派なレディーになった頃には、私はもうオジサンだからなぁ」

「年齢なんて気にしない！　何歳のお兄さまだって、わたしには愛せる自信があるもの！」

これもお祖母様からの受け売りだ。

お祖母様はお祖父様より十五も歳が下だったけれど、この言葉で押し切ったと聞いた事があった。対して私とお兄様の年の差は十一、お祖母様たちよりも少ないのだから、この『年上の殿方を陥落させる魔法の言葉』も、きっと効くに違いない。そう、思ったのに。

「マセてるなぁ」

微笑ましげに言われてしまった。全く本気にしてくれていない。

一撃必殺の言葉だって言っていたのに。

まるで無い手ごたえに一人頬を膨らませると、頭の上にふわりと体温が乗る。

これに喜んではいけない。私はちゃんと知っているのだ、これはお兄様が私に何かを諦めさせる時に、いつもやる仕草だということを。

「じゃあわたし『外交官』になる！　それで一緒に外国にいく！　そしたらもっとお兄さまと一緒にいられるでしょう⁉」

お兄様がどこかに行くのなら、ついて行けばいいじゃない。

ただの思い付きだったけれど、とても素晴らしい案だと私は内心で自分を褒めた。

「外交官になるのはとても難しいよ？」

「うん！」

「そもそも沢山勉強をしないといけないし、男性の方が優遇されるこの国の貴族社会では、女性の君には猶更狭き門……いや、きっと茨の道だろう」

「それでもわたしはお兄さまと一緒に外国にいく！」

彼はまるで私の本心を覗き込むかのように、ジッと私の目を見つめてきた。

心臓がドキドキと言い出した。しかし私は負けなかった。慣れない胸の甘い疼きにも、ひとりでに紅潮する頰の熱さにも屈さず、胸の前で両手の拳を握り、まっすぐ彼の目を見つめ返した。

すると、数秒後の事だ。

「そうか、なるのかぁ……」

根負けしたように、小さく「はぁ」とため息を吐いた彼は、もしかしたら「今は言っても聞かないだろう」と思ったのかもしれない。はたまた「せっかく子どもが抱いた夢をすぐに壊すのもいかがなものか」と思ったのかもしれない。

どちらにしろ、彼は軽く頬を掻きながら私に白旗を上げた。しかしすぐに指を一本ずつ立てながら、真剣な顔で釘を刺してくる。

「もし本当になるのなら、まずは沢山勉強をしないといけない。色んな人と話をして、色んな考えを知らねばならない。色んな事を経験し、自分の味方を増やさねばならない」

二つ、三つと挙げられていく課題に、あまり深くは考えずに「分かった！」と頷いていく。

「あとはそうだな、もっと大きくならないとな」

「おおきく？」

「そう。十六歳になって学園を卒業しないと、外交官にはなれない。だからそれまでご飯をいっぱい食べて、いっぱい寝る事。ちゃんといい子で、大人になる事。これが必須条件だ」

私がまた「うん」と頷くと、彼は満足げに目を細めた。そして最後にこう言ったのだ。

「じゃぁシシリーが大人になるまで、私も頑張って外交官で居続けないといけないな」

追いつくまでちゃんと待っている。これはそういう約束だ。

貰えた約束が嬉しくて、もうそれだけで無敵になれたような気がした。

それから一年と経たずして、私は外交官という職の難しさと面白さの片鱗と対面し、少しずつのめり込んでいった。

外交官は、国の安寧を守るための重要な役職だ。故に、たった一握りの、選ばれた人間しか名乗ることが許されない。

ゼナードお兄様が言った通り、狭き門で茨の道。それでも『外交官』を知るにつれ、私の中のなりたい、いい欲は、より輪郭を色濃くしていく。

そして不純な動機から抱いた興味は、やがて純粋な動機へと立派な成長を遂げた。

私も外交官になりたい。

この想いはあの頃抱いた淡い恋心と共に、今や公爵令嬢シシリー・グランシェーズの一部となっている。

第一章　素っ頓狂な友人令嬢のせいで、一肌脱がざるを得ません

外交官には、様々な能力が必要とされる。

各国の宗教・風習・政治背景の知識はもちろんの事、状況把握能力やとっさの対応力、交渉におけるかけ引きまで。

難しいのは、多くの経験を積まなければ、これらの能力は中々身に付いてくれないという事だ。しかし必ずしも外交官にならなければ積めない経験なのかというと、何もそんな事は無い。

貴族界には幸いにも、それらを疑似的に経験するのに最適な場所が存在する。

その名も、社交界。

様々な家や個人の思惑がひしめく伏魔殿。自らの感情を笑顔で隠し、外面を美しく着飾ることで自分を大きく見せながら、弁舌を以て利を掴む。これほどまでに外交の場に似通う場所も、おそらく他には無いだろう。

せっかく社交界に身を置く身分にあるのだから、この機会を逃す手はない。私はこれまで実際に、でき得る限りの社交場——もとい修羅場をくぐり、外交官としての資質を地道

に育て続けてきた。

とはいえ、何事にも限度というものがある。

できれば頭を抱えたい衝動を、密かなため息の中に隠した。

今私の目の前には、とんだ修羅場が横たわっている。一方は、怒りの形相になっているこの国の王太子、もう一方はキョトン顔の私の親友。

この『浅慮の阿呆』と『素っ頓狂』のお陰で、私は今、パーティー会場のど真ん中で人生史上最高の緊張を感じながら、この場をどうにかしなければという義務感に苛まれている。

そもそも事の発端は、私の父・グランシェーズ公爵がこの国の財布を預かる役職・財務大臣に抜擢された事に端を発する。

宰相に続くこの国二人目の、三十代での栄誉だ。新陳代謝が進む国営の象徴として陛下もいたくお喜びで、それをよく知る貴族たちは、輪をかけて父の昇進に沸き立っている。

就任後初めて父が公の場に姿を見せる機会であり、祝い事の場でもある。もちろん私たち主催者側も準備に力を入れ、パーティー自体もこの緩やかなオーケストラ演奏に象徴されるような、和やかな空気で進行していた。——あんな横やりが入るまでは。

「カードバルク公爵令嬢・ローラ、ハッキリと言おう！　お前との婚約を、今、ここで、破棄させてもらう！」

まるで「異論は認めん！」とでも言いたげに、わざわざ短く区切りながら胸を張り告げた彼は、この国の王太子・ルドガー。スラッとした体形に整った顔をしているが、隠しきれていないニヤつきが、彼の顔を意地悪そうに歪ませている。

一方、何の前触れもなく告げられた宣言に、会場の大半が混乱の渦に陥った。

「これは一体どういう事だ」

「殿下と彼女は公私共に支え合い、仲睦まじかった筈なのに」

場内は騒然としている。にも拘わらず、私は心底呆れていた。

殿下の事だ、どうせ婚約破棄という貴族令嬢としての汚点を見世物にして、ローラに恥をかかせてやろうとでも思ったのだろう。もしかしたら派手好きな彼らしく、せっかくだからと盛大な混乱を望んだのかもしれない。

しかし彼も、私と同い年なのだから、もう今年で十六だ。

突然の婚約破棄が、どれだけの混乱を生むのか。せっかく私たちが懸命に整えた祝いの場を潰そうとする事が、どれだけ迷惑な事なのか。もう理解してもいい年頃だ。

一体どういう了見なのか。年齢的にも王太子としても、まるで自覚が足りていない。

はぁ、ともう一度ため息を吐く。

せめて時と場所は選んでほしかった。

王族側もきっと迷惑するだろう。今なんて特に、先日起きた近隣国との外交的なトラブルを受けて、対処に奔走している筈だ。

その上、この王太子の婚約破棄。間違いなく要らぬ波風が立つ。

そもそも二人の婚約は、陛下が直々に「ルドガーを支えてやってくれ」と先方に頼み込んで成ったものだ。いわゆる国の基盤を固めるための、政略結婚というやつである。

実際に、ローラは既に王太子の婚約者として、国の執務に携わっている。期待以上に公務を為し実績を作る一方で、城内で働く者に対しても分け隔てなく優しいとなれば、重宝される事この上ない。

もちろん貴族間の人脈作りにも余念は無く、社交界では慈愛と高潔さを兼ね備えた『淑女の鑑』として名を馳せてもいる。

ローラの真価はそういう所にあるのだ。カードバルク公爵家の権威や、宰相も務める現当主の七光りに止まらず、最早彼女個人が既に、国にとって無視できない存在になっている。

もしそんな人を敵に回したら。最悪、国が荒れる。

というように、今ざっと思いつくだけでも幾つもの危うさが思い浮かぶような一言を彼は放ったのだ。これがどうして呆れずにいられるのだろう。浅慮だと言わざるを得ない。

言い分も、今のままではただのワガママ、権力持ちの横暴だ。

幾ら元々がそういうところのある男でも、曲がりなりにも一国の王太子。まさかそんな見切り発車をしたとはできれば思いたくない、が。

「そもそもお前は俺に対して、常に無礼な態度だった。しかも、本来ならば王太子であるこの俺を支える立場でありながらだ。暴挙という他はない。が、お前の父親は宰相だからな。彼の国への貢献を考慮し、今回のところはこの破棄だけで全てを水に流してやる。ありがたく思うのだな！」

先程よりも、一段深いため息が漏れてしまった。

具体的な瑕疵を示すでも無く、感覚的で感情的な論を展開して自身の希望をゴリ押しする。交渉事として不合格。赤点どころか零点だ。

特に相手を下げて自分を上げたこの物言いは、もう本当にただの権力者の横暴でしかない。だというのに、何故そんなにも、ドヤ顔なのか。

心底意味が分からない。王太子としては致命的なほどのアホである。

心中で「せめてそれらしい証拠の一つや二つ、無いならないででっちあげるなりしてでも用意しなさいよ」と突っ込まずにはいられない。

「また、そのような世迷言を」

ため息と共に、涼やかな女性の声が響いた。

声の主は、淡い空色の長い髪の令嬢。彼女こそ、王太子ルドガーの婚約者ローラ・カードバルクである。

眉尻を下げ少し困った顔をした彼女は、一見すると柔和な物腰の淑やかな令嬢にしか見えない。

しかし私は見逃さなかった。彼女の瞳の奥にある、凍りつくように冷ややかな色を。

──あぁ、静かに怒っている。

きっと周りの大多数には「冗談ですよね？」と伺いを立てている様にしか聞こえなかっただろうけれど、私には彼女の本心が見えた。

一方彼女を色眼鏡で見ているルドガーには、おそらく小さな子どもを窘めているように聞こえたのだろう。

「『世迷言』だなどとバカにして……無礼だぞっ！　今すぐ処刑されたいか!?」

ただの売り言葉に買い言葉だ。浅慮な彼の事だから、それ以上の思惑なんてある筈がない。

が、それが分かるのはごく一部。傍から見れば、実際に悲劇を引き起こす力を持った命令予備軍でしかない。

周りは一斉にギョッとした。

敢えてずっと空気を読まずに己の職分を全うしてくれていたオーケストラさえ演奏の手を止め、辺りがしんと静まり返る。

ピンと張りつめた空気の中、動じていないのは彼を理解している私ともう一人、ローラくらいのものだろう。

私と彼女は幼い頃から、良くも悪くも単純で、短気で、直情的な彼の性格をよく知っている。しかし脅威の矛先を向けられながら冷静で居続けられる彼女の胆力には、私も感心せざるを得ない。

流石は将来の国母に選ばれるだけの事はある。まぁだからこそ、彼女に対峙するルドガーの国王への適性の乏しさが、浮き彫りになるのだけど。

まったく、もう子どもではないのだから、そろそろ正しく自分自身を理解すべきよね。

『自分は誰かに補ってもらわねば王座につく事も難しい』って。

でもまぁいいわ。今はこの現状をどうするかに主眼を置くべきだし。

この婚約破棄について、私は完全に部外者だ。だって私は、婚約を破棄する側でもなければ破棄される側でもない。どちらかの親類縁者でもないし、もちろんルドガーに密かな恋心なんて抱いているわけでもない。

にも拘わらず、このパーティーで事が起きたという一点だけが、私を『この場をどうにかしなければならない』という使命に縛りつける。

招いた貴族たちに如何に満ち足りた気持ちで帰ってもらえるかが、パーティー主催者の腕の見せ所だ。

成功すれば箔がつくが、失敗すれば家名に傷がつく。だから貴族はプライドに掛けて、パーティーを成功させねばならない。

つい先程、しばし席を外した両親に場の仕切りを任された。ここは今、私の戦場だ。

幸いにも、取り成す事はそれ程難しい事ではない。

二人の婚約は、国王陛下がお決めになった事。そもそも陛下がいない場で正式な決定ができる筈もないのだから、うまく二人を誘導し「決着は後日」とすればいい。

場の空気は硬直したままだろうが、そこはこの後のタイムテーブルを少しいじれば問題ないだろう。用意していた新作の料理とスイーツをすぐに出して、あとは私が適当な相手とダンスでも踊って場を沸かせば——と、頭の中で解決への算段を素早く立てる。

外交官を目指している私に、まさかこの場を上手く収められない訳がない。

そう思った時だった。

「えぇぇーっ⁉　お二人、婚約されていたんですか⁉」

驚きに満ちた少女の声は、独り言にしては大きすぎた。静まり返っていた会場内に、思いの外よく響く。

あぁ、忘れていた。

分かっていた筈だったのに。ちゃんと手綱を握っていないと、唐突な素っ頓狂発言で場の状況を混乱させる。そんな子が、この場に居合わせていた事を。

まったくもう、見た目はいかにも無害な小動物系なのに。

こうして悪気なく大きな爆弾を落とすのが得意なのだ。彼女、エノ――エレノア・パールスタンは。

試しにチラリと彼女を見てみると、ほぉーらやっぱり。何の悪気もない上に、自分が置かれた状況をまったく理解していない顔をした伯爵令嬢がそこに居た。

淡いオレンジのドレスが似合うふんわりとした印象の彼女は、呆れを隠さない私を見つけて「どうかしましたか？」とでも言いたげに、大きな目をパチクリとさせている。

せっかくうまく話題を逸らそうと思っていたというのに、貴女のせいで台無しよ。

言うまでもない事だけれど、二人が婚約していなければ、そもそも今この場で「婚約破棄をする・しない」という話にはなっていない。

そんな事、この国中の誰もが知っている事の筈なのに、何故そんな事を言い出したのか。

遠巻きにしている人たちの脳内ではおそらく、エレノアに対する訝しみがムクムクと育っている事だろう。「何だこの令嬢」「ちょっとおかしいんじゃないか？」「っていうか、殿下とカードバルク公爵令嬢の話に割って入るなんて……」という声が、今にも聞こえてきそうである。

正常な反応だと思う。私だって現在進行形で「は？」となっているし、もし彼女が親友ではなかったら間違いなく遠巻きにしているところだ。

だからこそマズい。

エレノアはまだ嫁入り前だ。非常識な子だと思われると、ほぼ間違いなく今後の縁談に差し障る。

一度ついてしまったレッテルは、そう簡単に剝がせない。定着する前にどうにかしないと彼女の評判に影響し、最悪彼女の貴族としての人生を終わらせる事にもなりかねない。

それに、だ。

ねぇエノ貴女、分かってる？　今にも処刑されそうなのだけど。

流石に口にはできないが、ルドガーが今エレノアに向けている目には、かなり危うい ものを感じる。

彼の事だ、どうせ妙な割り込みのせいでせっかくの独壇場をエレノアに掻っ攫われたと思って、腹を立てているのだろう。

ローラへの辱めも半ばで注目を奪われたのだから、彼の怒りも分からなくはない。が、だからといってそう簡単にエレノアを処刑されては困る。

ルドガーは、つい先程ローラに一度『処刑』という言葉を使ったばかり。彼の中で『処刑』という言葉を口にする事への心理的忌避感が下がっているだろう今、実際にエレノアを処刑できる権力を持つ彼はかなりの危険人物だ。

もしできるなら、今のエレノアの発言を全て無かった事にしたいけれど……あの怒りようでは無理でしょうね。

今にも血管が切れそうな顔のルドガーに、甘い気持ちはすぐに捨てた。

言葉に裏表が無いところは、エレノアの長所だと言える。腹の探り合いを楽しめる私とは正反対のタイプだ。

でもだからこそ、私にとっては肩ひじ張らずに付き合える相手でもある。一緒に居て楽しいし、最早私の人生に、彼女はかけがえのない存在でもある。

目を離せば、すぐにサクッと淘汰されそうになるこの警戒心の無さは間違いなく貴族向きではないけれど、だからこそ稀有なこの友人を無くしてしまうのは惜しい。

はぁ……。こんなの、もうどうにかしてあげるしかないじゃないの。

一度目を伏せて深く息を吐き、ゆっくりと前を見据える。

大丈夫。この子は悪意でこんな事は言わない。よく周りを見ているから、この発言にも必ずきちんと意味がある。

今までだって、最後には皆いつも「ちゃんと的を射た事を言っていたのだな」と納得する結果になってきた。そう思うに至った理由を説明するのが大の苦手だから、少し手伝ってあげないといけないけれど、上手く聞き出せさえすれば、きっと今彼女につきかかっている良くない印象を引っぺがして、彼女の貴族生命を救う事もできる。

物理的な命の方は、レッテルを剝がし終わるまでの間、ルドガーに危険な言葉を口走らせなければ大丈夫だろう。

命令が無ければ強権が発動される事はないし、どうせルドガーの事だ。『素っ頓狂』が解決して周りの意識が再び『ルドガーとローラの婚約破棄』そのものに戻れば、目の前のエサにすぐに飛びつき、きっと今までの怒りなんて忘れてしまうに違いない。

絶対に、エレノアを公開処刑にはさせない。

貴族としての評判も回復させるし、そもそもの元凶である『ルドガーが婚約破棄騒動を今ここでやらかした件』についても、お咎め無しにするつもりはない。

全てを上手くやった上で、パーティーをつつがなく終わらせる。

とりあえず、その為にも今は。

私がそう思ったのと、煮えたぎるような怒りの形相のルドガーが動いたのはほぼ同時だった。

「エレノア・パールスタン、貴様……」

唸るような声を向けられた事で、エレノアもやっとピリつく場の空気を察したらしい。

遅すぎる顔面蒼白に内心で少し呆れつつ、私はスゥーッと息を吸う。

「俺の話の腰を――」

「エノったら、一体何を言っているの？」

まず、エレノアがルドガーとローラの間に割って入ったという印象を崩す。

あくまでもこれは、少しばかり声が大きくなってしまっただけの、私とエレノアとの私的な会話だ。

私的な会話であるならば、お互いがそれを許容する限り、無礼は親愛へと変わる。

わざと言葉を被せると、おそらく反射的にだろう。ルドガーがギロリとこちらを睨んだ。

が、その程度のこと、誰に効いても私には効かない。存在ごと完全に無視をして、頬に手を当て、困ったような笑み(え)をエレノアに向ける。

「お二人のご婚約は周知の事実でしょう？　貴女だって婚約パーティーには出席していたではないの。まさか忘れていたという事は無いわよね？」

意識的に、揶揄(からか)うような口調で尋(たず)ねる。

すっかり冷え切ってしまっている空気を、少しでも軽くできれば。いつものほほん顔を取り落とした彼女が、少しでも平常運転を取り戻せれば。そんな気持ちで告げた言葉は、恐怖(きょうふ)に凍(こお)っていた彼女をどうやら和(やわ)らげられたようだった。

代わりにやっと「小馬鹿(こばか)にされた」と思い至ったらしいニブチンは、ツンと口を尖(とが)らせる。

「覚えているに決まっています！　むしろあんなに盛大なパーティー、どうやって忘れろっていうのです！」

彼女のその反応に、正直言ってすこしホッとした。

だって彼女の言う通り、二人の婚約パーティーはとても盛大なものだったのだ。もしあれでパーティーの存在そのものを忘れていたとしたら、どこをどうしたものかと頭を悩(なや)ませなければいけない所だった。

彼女のこの物言いで、周りも少し聞く耳を持ち始めたようだ。おそらく「じゃあ猶更(なおさら)、何故(なぜ)あんな事を言ったのか」と思い始めたのだろう。

周りからの視線も、先程までより少し和らいだ。もちろん勝負はまだまだこれからではあるけれど、これで少しはやりやすくなる。

ルドガーは、よほど先程の私の横やり、もとい無視が気にくわなかったらしい。まだ私を睨みつけている。

でもこれで良い。むしろ想定通りだ。

まずは怒りの矛先を、エレノアから私に向ける。彼女から意識を逸らす事で、少しでもルドガーの暴発の危険を減らす。その上で、私の身も守ればいい。

先程までならいざ知らず、狭まった視野の中心に私がいる今ならそれも叶うだろう。

私の目が自分に向いたと気が付いた彼は、肩を怒らせ口を開いた。しかし言葉が発せられる前に、一足早く先手を打つ。

彼を鋭く睨みつけた。──黙ってろ、という気持ちをふんだんに込めて。

相手は王太子？　だからどうしたの。

頭に血がのぼっていた？　だから何だというのかしら。

どうせ一度痛い目を見ないと、自分がしでかした事にも気付かないのよね？

分かっているわ。たとえほんのカケラほどでも親友を安易に害そうとしたことは万死に値する。

エレノアに喧嘩を売った時点で、私に吹っ掛けたも同然だ。潔く覚悟して頂きたい。

それらの感情を全て込めた視線の一刺しに、ルドガーは分かりやすく怯んだ。

強張った顔に、半ば無意識で半歩後ろに下がった足。まるで私が怖い人であるかのような反応には若干不服だが、私が彼を知っているように、彼もまた私を知っている。これ以上逆らったらどうなるかでも、おそらく想像したのだろう。

そういえば昔、私が本気で怒るたびに彼は涙目になっていた。その頃を思い出したのかもしれないが、彼に同情の余地は無い。

いつまでも学習能力が無いのがいけないのだし、たかが一令嬢の睨みごときで怯んで口を噤むくらいなら、きっとその程度の主張なのだろう。

口は災いの元とはよく言うが、彼の場合は特にそうである。無言でいる方が本人のためだ。

一方幸いだったのは、もう一人の当事者・ローラがまったく動く様子を見せない事だろう。むしろ動く気はないという意思表示を孕んだ微笑みに、私は内心で安堵した。

彼女を敵に回すのは得策ではない。もちろん静観してくる彼女の瞳に気を抜いてはいられないが、現時点で邪魔をしてくる気配が無いというだけでも、かなり助かる。

よし、この隙に早くエレノアの方の本題に入ってしまおう。そう思ったのとほぼ同時だった。クックッと、くぐもった笑い声が聞こえてきたのは。

「そっか。流石のエレノア嬢も、そればっかりは覚えていたんだね」

乱入者の声は、私にもエレノアにも馴染み深いものだった。

目を向けた先には、細身の長身にタレ目の優男が居た。立ち姿だけで育ちの良さと落ち着きが窺え、下手をするとどこぞの王太子よりもよほど王太子らしく見える。

「やぁシシリー嬢、目立っているね」

彼も私たちと同い年。ドリートラスト侯爵家の次期当主を約束された長子で、名を――。

「ごきげんよう、モルド様。別に好きで目立っている訳ではないのだけれど」

「心中お察しするよ」

緊張が解け切らない公の場であるにも拘わらず、気安い口調で話しかけてきた彼の思惑に私も乗る。

彼はバカではない。バカではないからこうなのだという憶測は、ゆるい声とは裏腹に、周りの反応を敏感に察知しようと注力している目の動きからして、そう外れてはいないだろう。

彼は周りに「どうやらこの非常識な子は、侯爵家の次期当主と懇意にしているらしい」と思わせたいのだ。私も似たような理由でこうして彼女に真正面から声を掛けたから、彼のしたい事はよく分かる。

貴族社会において、後ろ盾は当人を測る上でもかなり重要な要素になるけれど、後ろ盾側からすれば庇護対象が何かをした時に一緒に名前を論われる事になりかねない。このような場で旗色を明らかにするのは非常に危険な賭けでもある。

今回は特に一国の王太子を敵に回す危険を孕んでいるのだから尚更だ。

彼はきちんと、自身が今家の名声を担保にしている事、下手をすればエレノアと共倒れになる可能性がある事を正しく理解しているだろう。それでも尚『エレノアを助けたい私の援軍』として名乗りをあげてくれるというのだから、わざわざ突っぱねる理由はない。

しかしどうやらエレノアは、そうは思えなかったらしい。

「『流石のエレノア嬢も』とは一体どういう意味ですかっ！　というか、モルド様は少し黙っていてください！　今せっかくシシリー様とお話をしているところなのですから！」

にぶいとは、まさにこういう事を言うのだろう。どうやらモルドを『人聞きの悪い言葉でせっかくの楽しい会話を邪魔する人』だと認識したらしいエレノアは、怒り顔で彼を睨みつける。

報われないわねぇ、モルド様。

呆れ交じりに同情の視線を彼に向けたが、すぐに杞憂だったと悟る。

「嫌だよ、何で僕が黙らなくちゃいけないのさ？」

「女の子同士のお話だからです！」

「ならもうちょっと忍んでやってよ。こんな場所じゃなくってさ」

突っかかってくるエレノアに更に言葉を返したモルドは、実に楽しげにニヤついている。

まぁでもこれは、ちょっと仕方がないかもしれない。

そもそも普段から怒り慣れていないエレノアがちょっと睨みを利かせた所で、正直まったく怖くないのだ。むしろいじけたような上目遣いにしか見えず、彼女の可愛らしさを助長するだけの結果になっている。

この二人、大抵いつもこうなのだ。

エレノアの前でだけひときわ意地悪になるモルドに、言い返しても彼を喜ばせるだけだと分かっていないのか、毎回律儀に応戦しにいくエレノア。

お陰でいつもこんな風に、ひょんな事から言い合いになる。

「そもそも笑った事を咎めるんなら、シシリー嬢だってさっき君を笑っていたでしょ。僕

だけに文句を言うって不公平じゃない？」

「ふふんっ、扱いが違って当然です！　だって、シシリー様はとてもお優しい方。いつも意地悪ばかり言ってくるモルド様とは違うのですから！」

腰に手をやり胸を張って、謎にエレノアが勝ち誇った。

が、そんなものはモルドの恰好の餌食である。

「えー、エレノア嬢が何かイバッテルー。ちょっと意味ワカンナイー」

「ちょっ！　バカにしないでください、酷いですっ！」

かまされた棒読みにエレノアがキャンと一つ吠えた。

じゃれ合う様は、下手をすればただのイチャつきだ。というか最早最近は、イチャつきにしか見えない。

とっととくっついちゃえばいいのに、と私はいつも思うのだが、中々どうして二人の仲はいつまでも進展が見られない。

って、観察している場合じゃないわ。

「ほらちょっとエノ、いつまでもモルド様とじゃれ合っていないで早く続きを話してちょうだい」

「じゃれ合ってなんていません！」

「ハイハイじゃあもうそれでいいから、早く本題に戻って話して」

私の下した評価に彼女は不服そうだったものの、重ねて先を促せば、仕方が無しに頷いた。しかし口を開き——何故か何も言わずに閉じる。

ん？　どうしたの？　何かためらうような事でも？

一応ルドガーを確認するが、彼はいい子に押し黙っている。ならば何故、と思っていると、エレノアがコテンと首を傾げた。

え、ちょっと待って。もしかしてこの子、まさか「何の話だったたっけ？」とか思っていないわよね。……あぁコレ絶対に思っているわ。

エレノアはとても分かりやすい。口にせずとも大体何を考えているのか筒抜けなのが彼女の良いところでもある。

けれど、何故こんなにも呑気なのだろう。貴女今、けっこう危機的な状況の筈なのだけれど。

「婚約パーティーがあったのは覚えているのに、何故お二人が婚約されていないと思ったのかという話よ」

「あぁ！」

やっと思い出したらしい彼女は、佇まいを正し、コホンと一つ咳払い。気を取り直して「だって」と口にする。

「ルドガー殿下とローラ様って、もうずっと前から険悪だったじゃないですか」

人差し指をピンと立てて、さも「みんな知っていると思うけど」と言わんばかりに彼女は告げた。

私はそれを知っている。他にも知る人はこの会場に居るだろう。が、この場にいる全ての人たちが必ずしもそうという訳ではない。

「彼女は何を言っている？　お二人はずっと仲睦まじかっただろうに」

「あぁパーティーでもいつも寄り添っておられてな」

「それがずっと険悪だったなどと……」

方々から「まさかそんな筈」という声が漏れ聞こえてくる。すべて疑問と困惑の声だ。

信じられないのもよく分かる。社交界では二人とも、とても上手く仲の良さを取り繕っていたから。

彼らに真実を知ってもらうためには、少し立ち回りが必要ね。

私がそう思ったのとモルドが一計を案じたのは、おそらくほぼ同時だった。

「たしかに二人とも、学園内では結構バチバチしていたからね。最早公然の秘密だったし、今更驚く事でもない」

語尾につけた、少し困ったような呆れたようなニュアンスは、私を始めとしたその秘密を知る者たち――貴族家の子女たちが貴族としての知識や教養を学ぶ場所、学園の在学生たちの総意だった。

在学中は全生徒に学園内での寮生活が義務付けられており、教師たちは皆、この学園生活が貴族子女たちの最後の息抜き期間だと分かっているからなのか、個人同士の口喧嘩くらいには目を瞑る。

とても閉鎖的な環境だから、学園内の詳しい内情は子どもたち自身の口から語られない限り、外部には漏れる事もない。

そしてこの件に関して、おそらく私たちは大人が思っていたよりもずっと慎重だった。

誰もが、社交の何たるか、政略結婚の何たるか、将来の国王と王妃の役割の何たるかを、正しく理解していた。

皆「もしいたずらに不仲説を広めて、外面を取り繕っている二人の均衡を崩してしまったら」と考え、それぞれが自主的に口を噤んだ。

実際に、もし今日ルドガーが婚約破棄を言い出さなければ、二人はこのまま仲睦まじい演技を続け、ゆくゆくは結婚までこぎつけていただろう。

私たちの懸念と配慮は、おそらく間違っていなかった。

大人たちの失策は、学園内で何かがあればきっと子どもたちが自ら話すだろうと思い、学園での様子に深く探りを入れなかった事である。

おそらく二人の上手な立ち回りにまさか関係性が悪化しているとは露ほども思わなかった事に加え、王城直轄の学園に妙な探りを入れたのがバレて国に目を付けられたくないという一種の保身が、彼らに情報的な穴を作ったのだろう。

「ここ一年くらいは特に顕著に不仲を露呈していたよね」

エレノアの言葉への同意の意思はチラホラと周りにも見て取れたが、実際にこの場でそれを口にできたのはモルド一人だけだった。

エレノアからすると、唯一の目に見える味方である。胸の前で両手の拳を握り、喜色交じりに「そうなんです！」と彼女は力説し始める。

「最初のうちは『ローラ様を邪険にする殿下』という感じでしたが、最近は段々とエスカレートしてきていて！」

「昼休みとか教室移動の時間とか、結構争いが頻発してたしね」

彼の相槌に、大きくうんうんとエレノアが頷く。

このやり取りに共感したのも、彼女一人だけではない。在学生なら誰だって、心当たりの一つや二つはあるだろう。

例えば私の最初の心当たりは、一年半くらい前にたまたま聞いてしまった、人目のない中庭の奥から聞こえた「殿下、学園内も公の場です。人の目がある場所なのですから、もう少し周りの目も気にして――」「あぁもう煩い！　社交界ではきちんとやっているのだから、これ以上俺に指図するな！」というやり取りだった。

最近で挙げるなら、言わずもがな。皆の目がある場所で、それはもう堂々と言い合いをしている。

「たまに移動教室に行く途中の渡り廊下で喧嘩が始まってしまうと、結構大変なんですよね。遠回りしなくちゃいけなくて」

「まぁ流石に誰だって、王太子殿下とその婚約者兼公爵令嬢の睨み合いの間を『すみません、ちょっと通りまーす』って堂々と通り抜けたりはできないからね」

眉尻を下げた困り顔のエレノアに、茶化すようにモルドが続ける。すると、冗談交じりの二人の軽口に外野がポツリと呟いた。

「……そんな度胸など必要ないわ」

私も深く共感する。

この場合、避けて通るのは処世術だ。わざわざ権力者たちの反感を買う可能性に特攻をかけるやつなんて、ただのバヵ。最早蛮勇とすら呼べない。

「まぁアレだよね。少なくとも社交界ではこの手の配慮ができる二人が取り繕わないくらいだから、二人の関係修復の芽は無いに等しいかなって思うよね」

彼の見解に、目の端で同年代の子女たちが深く頷いた。

そう。二人が納得して仮面婚約者を続けている内は良かったのだ。が、それを止める事を選択した今、二人には決裂の道しかないように見える。

少なくとも、せっかく今まで我慢して積み上げてきた努力を何の相談もなしに突き崩されたローラの方には、彼を切り捨てる以外の選択肢はもう持てないことだろう。

今思えば、元々二人の相性はかなり悪かったのだと思う。

王太子でありながら凡人の域を出なかったルドガーは、何をとってもローラに勝つ事ができなかった。常に自分の上を行き、あまつさえ意見までしてくる彼女は、さぞかし自尊心を傷付ける存在だっただろう。やがて過度な競争心と煩わしさを抱き、敵対意識まで持つようになった。

対するローラは、ただ自らに与えられた仕事を淡々とこなしたかったのだろう。婚約者の責務に則り『彼を支えるための正しい助言』を数多く行ってきた。

しかしルドガーは聞く耳を持たない。改善の兆しも見せない。段々と彼に苛立ちを募らせていった。

どちらが悪いのかと聞かれると、答えがとても難しい。

元はといえば頑なになった殿下が悪いが、ローラも彼の幼馴染なのだ、彼の性格は知っていた筈だし、気をつかえば上手く転がす事もできたかもしれない。

彼女に落ち度がなかった訳ではない。お互いに歩み寄りができなかったという一点において、どちらにも責はあるのだろう。

しかし今回の騒動は話が別だ。

公然と婚約破棄を突き付けて相手の反応を見て悦に入ろうだなんて、趣味が悪いし不義理だし、考えなしの愚の骨頂だ。擁護の余地は一ミリも無い。

最初こそ二人の不仲を疑っていた周りも、モルドとエレノアのやり取りと在校生たちの反応を見て、少しずつ認識を改め始めている。

加えて本来の当事者の表情も、彼らの再認識の背中を押している。

今の今まで無自覚だった周りへの迷惑に気付かされて、ローラが見るからに過去の自分を恥じ入る表情で、顔を赤くし俯いていた。心当たりがあるのは明白だ。

一方ルドガーは、何故か気もそぞろ。おそらく話もあまりよく聞いていない。しきりに何かを捜している様子の彼は、周りの認識を改める材料にはならないが、私たちの邪魔をしないのであれば、まぁいい。もう放っておくことにする。

「それでエノ、貴女はそういった場面を多く見ていたから、お二人の公的な関係にも疑問を持ったのね？」

念を押すように尋ねれば、彼女は「はい」としっかり頷く。

「もしお二人の婚約関係がまだ続いているのなら、人前ではきちんと取り繕うと思うのです。ですからお二人が公然と、しかも度々口論をしているのを見ていて、てっきりもう『そういう事を気にする必要が無い関係性になったのだろう』と……」

彼女の意見は尤もだ。

次期国王が婚約者と公然の場で揉める事自体、外聞が悪い。少なくとも国王の仕事の一つである『国の治世の安定・安寧を国の内外に強調する』行いとは、正反対を行くものだ。常識の面から考えれば、彼女の考えが間違っていると断じる事は一概に出来ない。が、だからといって『もう婚約破棄したのだな』と思うには、話の飛躍があまりに過ぎる。

「ねぇエノ？　もしかして他にも、そう思った理由があるのではない？」

本来彼女は精神的には平和主義者だ。誰かと言い争う事を嫌い、そうならないように配慮する事ができる子である。

その彼女が殊、他人の案件にここまで妙な勘違いをし、あまつさえ憶測を垂れ流すにまで至ったのだから、おそらくそうと確信する何かが他にもある筈だ。

「そもそもだけど、もし本当にお二人が既に婚約を解消していたとしたら、公の場でさえ仲を取り繕う必要は無い。そうでしょう？」

「それは、はい」

「それでも貴女は二人の婚約関係は既に解消されていると思った。その理由をもう少し詳しく教えてちょうだい？」

優しく彼女に促すと、少しの逡巡の後「えっと、少し前の事なんですが……」と口重そうに話し出す。

やはり何かあるらしい。それも、先程のよりもいかばかりか言いにくいような理由が。

「実は先日学園で、移動教室の途中で忘れ物に気が付いて、一度教室へ戻ったのです。化学のエバンス先生の授業だったので、遅れると困ると思って、私、とても慌てていて……」

エバンス先生とは、学園内でも特に規律に厳しい先生だ。忘れ物は元より時間厳守の精神をそのまま人型にしたような人で、怒るとものすごく怖く、ものすごい量の罰課題を出してくる、いわゆる学園の名物教師の一人だ。

「忘れ物を手に再び化学室へと向かう時に、時間がギリギリだと気がついて『少しでも近道を』と思ったのです。それでその……化学室へは中庭を通り抜けるのが一番速いという事は、シシリー様もご存じですよね？」

「えぇそうね。でもそれは――」

たしかに中庭を迂回する通路を通るよりも、舗装されていない場所を突っ切る方が速い。しかし、いわゆる道なき道だ。少なくとも淑女が行くには体面的によろしくない。滅多なことが無い限り誰も通らないのだけど、もしかして。

思わずエレノアにジト目を向けると、慌てたように訴えてくる。

「あっ、あの時は『背に腹は代えられない』という思いだったのです！　だから仕方がなく！　本当に仕方がなくですよっ⁉」

なるほど、どうやら本当に彼女はあの道を使ったらしい。

彼女も一応、自らの行いが淑女としてあまり褒められたものではない事は、どうやら自覚しているようだ。少しだけホッとする。

一方で、よほど心情的に切迫した状況だったのだろう。

一世一代ばりの顔で決意を固めて道なき道に突撃していくエレノアの姿が脳裏にポンッと浮かんでしまって、笑いを堪えるのに少し苦労した。

「言われてみれば、たしかにこの前化学室への移動中に途中で一人、教室に戻っていた事があったけれど……結局怒られてなかった？　エレノア嬢」

「えっ」

エレノアの肩がギクリと上がった。お陰でどうやらモルドのスイッチが入ったらしい。

ニヤリと口角を上げて「何？　もしかして道にでも迷っていたの？」などと言う。

こうして二人の間に『じゃれ合いタイム二回戦』のゴングが鳴ってしまった。

「まっ、迷ってなんていませんよ！」

「えー？　本当にぃー？」

「本当です！　大体私、もう三回生なんですよ!?　学園内で迷う筈がないじゃないですか！」

「え？　でも前にあったでしょ？　いつまで経っても移動教室に来ないなぁと思っていたら、授業が終わる頃になってやっと教室に来た事が。しかも半泣きで」

「あっ、あれはまだ二回生の時の話じゃないですかっ！」

顔を真っ赤にしたエレノアが「そんな昔の事を一々持ち出さないでください！」と吠えて見事な膨れっ面になる。

可愛らしいが、ちょっと待て。まるで二回生なら迷ってもしょうがないみたいな言い方だけれど、学園内はそれ程入り組んでいない。

一回生も中ほどになると「道に迷った」はサボリの理由にできないくらいのレベルである。二回生で長時間学園内を迷っていられるとしたら、最早一つの才能だ。

世代こそ違えど、貴族は皆同じ学び舎で学び大人になる。だからこれは誰もが知っている常識だ。

皆の中で、彼女への印象が完全に『残念な令嬢』へとシフトした瞬間だった。訝しむような視線が急速に和らいで、まるで孫を見守る祖父母のような生温い目が、エレノアへと向けられ始める。

流石はモルド。少なからず同情票を集めてしまったものの、見事に当初の怪訝さや険しさを孕んだ周りの目を変える事に成功した。

「エレノア嬢ってすごいよねぇ……」

「ちょっとその目、絶対に褒めていないですよね!? やっぱりモルド様、意地悪です！」

「ただ事実を言っているだけでしょ？　意地悪なんて言っていないよ。それとも僕、何か嘘でもついている？」

「ふんぐぅ……」

いや単に、エレノアをからかいたいだけかもしれない。

となると、これ以上話が脱線するのは困る。

「お楽しみのところ悪いんだけど、そろそろ話を戻しても良いかしら？」

「なっ！　私は別に楽しんでなんてっ！」

エレノアが慌てて弁解してくるが、実際に楽しんでいるのかどうかは、今はわりとどうでもいい。

私が「それで？」と促せば、まだ何か言い足りない様子ではあったものの、彼女は素直に言葉を呑み込み話を戻す。

「時間が無くて、草木をかき分けて道なき道を行ったんです。すると途中で、どなたかの言い合いの声が聞こえて。それが殿下とローラ様だったのです」

聞けば、校舎からちょうど完全に死角になる場所だったらしい。

もしエレノアがたまたまあの場所を通り抜けようとさえしなければ、誰にも見つからなかったかもしれない。

実に不運な巡り合わせだ。二人にとっても、エレノアにとっても。

きっとエレノアはそのせいで、強硬手段もむなしく遅刻をする羽目になったのだろうから。

「その、別に聞き耳を立てていた訳ではないのですよ？　ただ、お二人の邪魔をしてはいけないと思って、音をたてないようにゆっくりとその場を通り抜けようとして」

「それで結局盗み聞きした、と？」

「ちょっとモルド様！　人聞きの悪い言い方をしないでください！」

「でも結果的に聞いたんでしょ？」

「それはまぁ、そうですが……」

そう言うと、彼女は視線を泳がせた。

なるほど、先程からずっと何やら言い難そうに話しているなと思ったら、どうやら盗み聞きに負い目を感じての事だったらしい。

「それで二人は何の話を？」

話の脱線防止に早々に促すと、エレノアはおずおずと聞いたものの正体を口にした。

「それが、その……レイさんのお話を」

「あぁ、あのクリノア子爵家の」

呆れ交じりの納得声で、モルドが苦笑する。

彼女の名は、学生たちの間でよく話に上るのだ。もちろん悪い意味で。

そういえば、今日の招待客リストにも客の付き添い人として名があった筈。思い出して目だけで会場内を見渡すと、彼女はすぐに見つかった。

会場の端、壁の花よろしく立っている彼女は、何故かこちらとは少しズレた方向を気にしている。殆ど全員がこちらに注目している中でたった一人だけだからとてもよく目立つ。

一体何を見ているのだろうと思ったが、モルドの声で意識を引き戻された。

「二人の前でその名前が出たという事は、聞こえた会話はもしかして『クリノア嬢の礼を失した言動を窘めてほしい』というお願い？」

「えぇそうなんです、ローラ様が殿下になさっていて」

少ない情報から導き出された憶測に、エレノアはコクリと頷いた。私も「あぁまぁそうでしょうね」と思ったが、この事実は貴族の常識にはそぐわない。

「何故子爵家の令嬢の素行について、わざわざ殿下に窘めていただかねばならんのだ？　公爵家の方が爵位が上なのだから、カードバルク嬢が直接彼女に注意すれば事足りるだろうに」

周囲の大人たちから口々に、訝しげな言葉が漏れ聞こえる。

爵位が下の者は基本的に、上の者の言を突っぱねられない。従うのが当たり前だという向きは、貴族界の常識だ。

時には例外もあるだろうが、例外には例外が適用されるだけの理由が存在するはずで、日常生活における素行の悪さを指摘する事は、その例外には当てはまらない。

しかし実際にそのレイという令嬢には、例外が適用されている。このギャップが彼等には理解できないのだ。――知るべき事を、まだ知らないから。

エレノアが無意識に目指している『辿り着くべき終着点』をやっと見つけると同時に、勝負所はここだと自覚した。

ならばあとは必要な道筋を立ててやればいい。必要な条件を抽出し、頭の中で組み立てる。実に簡単な作業だ。

「ローラ様の判断は、実に無駄のない行いだと言わざるを得ないわ。だってレイさん、最近は特に天狗になっているんだもの。あれでは殿下以外の言葉は総じて聞き入れない事でしょうね」

この話において、レイ・クリノアという人物の存在がカギになるのは間違いない。ならば彼らの中の認識と現実の乖離は、少しでも早く正しておくべきだ。

エレノアたちの会話に交じるふりをして、周りの人々への説明と、問題提起を兼ねた言葉を口にした。

貴族の常識に反するこの物言いだけれど、これでいい。何故非常識な事がまかり通っているのかを考えてほしいのだ。

答えは実にシンプルだ。そもそも例外が起きる条件なんて、そうそうあるものではない。

「……まさか」

誰かの呟きを皮切りに、ゆっくりと「まさか」が伝播していく。

答えを求めた視線たちが、驚きや疑念や詰問や忌避、様々な感情を孕んでルドガーに集まっていく。

当初から求めていた注目をやっと独り占めにした形ではあるが、おそらく彼が本来欲しがっていた種類の視線ではないだろう。

周囲の温度変化に気が付いたルドガーが今更ながらにハッとしたが、正直言って自業自得だ。だって私の一睨みにひよって以降、蚊帳の外にされたのを良い事に会場の隅にいたレイにうつつを抜かして、呑気に目と目で語り合っていたのだから。

「お、おい、ちょっと――」

注目の原因が私たちの会話にあると気が付き、ルドガーが慌てて待ったを掛けようとした。が、エレノアには聞こえていない。

人垣で物理的に多少の距離があり、周りが騒めく現状だ。もしエレノア、と同じように私やモルドに聞こえなくても、おかしな事ではないだろう。

「それで？　お二人の話し合いの現場に居合わせて、エノは何を思ったの？」

暴露のための機は熟した。エレノアに明確な答えを求めると、彼女は眉尻を下げて答える。

「あぁやっぱり、と思いました。――やっぱりお二人の間でも『レイさんは殿下の恋人である』というのは既に共通認識なのだな、と」

ローラより爵位が下のレイが彼女の言葉を聞き入れなくても問題にならない理由、そんなものは簡単だ。

――彼女の後ろに公爵令嬢以上の権力者がついている。

王太子が恋人である彼女の振る舞いを容認していれば、レイの無礼を指摘し窘め矯正するのは誰であっても難しい。

私たち在学生の間では既に公然の秘密だった事が、今やっと社交界の表舞台に露呈した。

その効果は、てきめんだ。

「恋人だとっ⁉」

「あぁ何という事だ。陛下がお決めになった婚姻を蔑ろにして、勝手に他の令嬢と……」

「他の女にうつつを抜かす暇があるのなら、まずはカードバルク嬢との仲を深めることが先決だったろうに！」

まるで蜂の巣をつついたかのように、会場の随所で様々な感情が巻き起こっている。過剰なまでの反応に既知の人たちは思わず苦笑いをしているが、ただ一人。エレノアだけは自分のペースを崩さない。

「お二人の会話が私には、レイさんが周りの忠告を無視する事を、ローラ様も許容しているように聞こえました。もしローラ様が殿下と婚約中であれば、まずそれに異議を唱えた筈。そういうそぶりは見せなかったので、てっきり『既に二人の婚約はもう解消されているのだろう』と。殿下だって、まさか正妃の席に座る予定の相手を蔑ろにはしないでしょうし」

「蔑ろ、ね。たしかに正妃になる筈の令嬢を差し置いて何の立場にもない別の令嬢をあからさまに優遇するなんて、蔑ろにしているも同義だね」

モルドのこの一言に大人たちは皆一斉に顔を青ざめさせた。

ローラ・カードバルクは、決して蔑ろにしていいような人物ではない。

貴族からの評価はもちろんの事、彼女は平民たちからも『聖女様』と呼ばれ、慕われているのだ。――二年ほど前、国内で蔓延した感染力も致死性も高い疫病の終息への立役者となったから。

彼女の行いに救われた国民は数多く、誰もが皆彼女が未来の王妃になることを強く望んでいる。「あのように国のために動いてくれる人が将来の王妃になれば、この国も安泰だ」と思っているのだ。

そんな彼女が、もしルドガーに蔑ろにされていたと知れたら。

暴動でも起きるんじゃないかしら。冗談抜きで。

もしそうなれば、今のルドガーに平民たちを止める力はおそらく無い。

ローラの名一つで暴動が起きても、ルドガーの名一つでそれを収める事は敵わない。そして暴動が起きた場合、最も大きな労力を強いられるのは、現場で対応をする貴族たちだ。

彼らが一斉に顔色を変えたのも無理はない。

もちろんルドガーに「恋愛をするな」という訳ではない。

たとえ王族であろうとも、抱く心それ自体は自由である。

相応の義務さえ果たしていれば、誰も彼を責めたりしない。この国では、政略結婚上の人間関係を維持した上でなら、心の通じ合う相手を側室に迎える事は、子孫繁栄の観点からも歓迎されている。

しかし彼は義務を怠った。

国内秩序を安定させるという王族の義務を、彼は正妃を最も大事にする事で示さなければならなかったのだ。それを、蔑ろにするなどと。

過去に国内秩序を理由もなく乱した国が悉く滅亡の歴史を辿った事を考えれば、絶対にしてはならない事である。

「殿下はあまりに無責任すぎる」

「国民たちにどう示しを付けたらいいのか……」

「そもそも陛下の決定を勝手に覆す事自体、陛下と国への裏切り行為だ」

厳しい声が飛び交い始め、ルドガーに向けられる視線の険が増す。

一見すると、うちのパーティーでおイタをした彼への意趣返しが叶った形ではあるが。

これはちょっと、やりすぎたかもしれないわね。

周りの拒絶反応を少し甘く見ていたかもしれない。ここまでになると、頭に血がのぼった浅慮がエレノアを逆恨みする可能性が高い。

嫌な予感は的中した。ルドガーが、まるで親の仇でも見るかのような形相でこちらを睨みつけてくる。

公開処刑に踏み切られる危険性がまた少し増した。このまま行けば今日はなくとも、この件を覚えていたルドガーが後日、エレノアに牙を剝くかもしれない。となればまた、面倒を呼ぶ。

こうなったらもう、コテンパンにするしかない。逆恨みをする気力もなくなるくらい完膚なきまでに叩き潰せば、エレノアの目下の身の危険も回避する事ができるだろう。

しかしその為にはまだいま一つ、決定打が足りていない。

どうやってとどめを刺すべきか。あごに手を当て考える体勢に入ったところで、モルドから声が上がる。

「実は僕、この間さ……」

どうやら彼が一肌脱いでくれるらしい。

いつもと違う歯切れの悪さと目が地味に合わない事が少し気になるところだけれど、彼ならきっとエレノアを悪いようにはしない。とりあえず成り行きを見守ってみよう。

「見ちゃったんだよねー、クリノア嬢と殿下が木陰でその……口づけをしていた所」

とりあえず、どころではない。思いの外凄まじかった爆弾投下に、私は思わず笑ってしまった。

彼の歯切れが悪い理由も、これなら素直に頷ける。

未婚の令嬢にとって、貞操観念は一つの生命線だ。婚約者でもない相手との肉体的接触は、破廉恥極まりない行為として貴族社会では忌避される。

故に『肉体的接触は、男性側に相応の責任を取る覚悟があるという意思表示だ』と思われている。

中でも口づけは、年頃の女性にとって特に恥ずかしくも憧れるロマンチックな婚約シチュエーションのうちの一つだ。

その証拠に、この通り。エレノアは顔どころか耳まで真っ赤にしながらも、夢見がちな瞳を潤ませながら口元へと手をやり「口づけ……」と小さく呟いている。

が、男性側にとって口づけは義務を伴う行為であり、モルドにとっては王族を相手取った告発だ。そして何より、本質を見る必要がある大人たちにとっては、ただの裏切りの証言である。

証拠はなかったが、本人も、まさか二人の関係を示す証言が出るとは思っていなかったらしい。

気が動転したのだろう。思わず上げた「んなぁっ⁉」という裏返った声が、罪の存在を告白している。少なくとも周りはそう判断した。

「政略結婚と恋愛は別。懸想をしてしまうのは、心の問題だから仕方がないと思っていたが……」

どこからともなく、苦い呟きが聞こえてきた。見れば、ルドガーと懇意にしていた有力貴族の一人だ。

そう思うのも当然だ。ルドガーは政略結婚の相手と関係を保てなかった事に止まらず、他の令嬢に勝手に結婚の約束も同然の行為をしていたのだ。国王陛下の「ローラを未来の国母に」という決定を歪めた彼の行為は、流石に擁護することはできない。

完璧に、彼から人心が離れた。

支持者をすべて引っぺがされて丸裸になったルドガーは、うろたえ顔でジリッと一歩後ずさる。

ふぅ。とりあえずここまで追い詰めれば、当分の間は彼も強気には動けないだろう。

少なくとも、もし今ここで彼が他者の処刑を声高に叫んだところで、陛下の下知を待つという判断ができるくらいには、ルドガーの影響力も地に落ちた。

エレノアに忍び寄っていた公開処刑の脅威を、払いのける事に成功した。今回白日の下に晒された事実の数々を考えれば、エレノアがつい「まだ婚約関係は続いていたのか」と驚いた事にも、正当性を感じる——とまではいかないまでも「こんな状態をずっと目の当たりにしていたのなら、仕方がないかもしれない」とは、思ってもらえた筈である。

エレノアの社会的、物理的な命は守られたと思っていい。

まるで何かを捜すように彷徨ったルドガーの目が、私を見つけて恨みがましげな睨みに変わる。

しかしどうせ今までとは違って、なけなしの強がりだ。微塵の恐怖も感じない。

そんな顔をするくらいなら、話す前に、動く前に、臆病風にでも吹かれて、一度立ち止まってよく考えればよかったのに。

そうすれば、もしかしたら少しは浅慮もマシになったかもしれない。まぁそれができないから、彼は浅慮なのだろうけれど。

目に「恨むなら、できない自分を恨みなさい」という意思を乗せて彼を一瞥してから、私は「さて」と自身の思考に一区切りつける。

我が家の祝いの場を台無しにされた意趣返しもそれなりにできたし、私としては大分満足だ。そろそろ場をまとめて、パーティーを続行——と思ったのだが。

「あと、殿下のローラ様に対する呼び方が、途中から変わったじゃないですか。それに気が付いて私、『お二人は既に婚約を解消されたのだな』と思ったのです」

どうやらエレノアの脳内には『そろそろこの辺で止めておく』という選択肢は無かったらしい。

「え、そうだった？」

彼女の言葉に反射的に反応したモルドが、口元に手を当てうーんと悩ましげに首を傾げる。つられるように周りも首をひねりだしたが、同意を口にする者はいない。

私もあまりピンと来ない。

「変わってましたよね？　シシリー様」

「えっ」

同意を求める彼女に期待に満ちた目を向けられて、私は思わず顎を引いた。

次第に会場中の目も答えを求めて私に集まりはじめる。

これは困った。逃げ場を無くした。何か言わねば、と懸命に過去の記憶を呼び起こす。

ええと、そういえば最近ルドガーは、ローラを他人行儀に「カードバルク嬢」と呼ぶ。

でも待って？　幼少期は彼女を「ローラ」と名前で呼んでいたし、婚約者になって以降、公の場でもたしか――。

「たしかにエノの言う通り、二人の婚約パーティーの時には殿下は『ローラ』と呼んでいた……」

少なくとも六年前のあの祝いの席では、二人はまだ素でそれなりの仲睦まじさを示せていたし、呼び名も気安いものだった。

しかしいつから変わったのかまでは、やはりすぐには思い出せない。

もう結構ずっと前から、彼女を家名で呼ぶようになっていたのではないかとは思うのだけど――。

「あの、少なくとも私の記憶では、三年くらい前からです。もちろん明確な証拠なんかはありませんが……」

控え目に挙手したエレノアが「やっぱりそれでは信憑性に乏しいだろうか」と不安げな瞳を向けてきた。

しかし私はそれには構わず「三年前？」と聞き返す。

何故だろう。三年前というワードに、妙な引っかかりを覚えた。

ルドガーとローラの婚約が成ったのが六年前。三年前というと、婚約してから今日までの間の、丁度中ごろという事になる。

年齢にして、十三歳。という事は、私たちが学園に入学した頃でもあるけれど。

「ちょっと待って。確かレイさんと殿下が噂され始めたのって……」

私の小さな呟きに、エレノアもモルドもハッとした。

そう、ちょうど学園に入学して少ししてからだった筈だ。ルドガーとレイの仲が少々親密すぎやしないかと、囁かれ始めたのは。

「それってつまり」

「その頃にちょうど、現在進行形で婚約者になっている令嬢の呼び名をよそよそしいものに変えたくなるような心境の変化が、殿下にあったという事だね。つまり、その時点で二人は既にある程度デキていた」

キッパリと言い切ったモルドに、エレノアが「まさか、そんなに前から……」と遠回しな同意で追い打ちをかけた。

仮説ではある。が、そう一蹴するにはあまりにも色々と揃い過ぎている。一過性の感情ではないのなら、自分や周囲を省みる機会も時間もおそらくあった。にも拘わらず、これまでの彼を見る限りでは、自分のしでかした事に罪悪感を抱いているような節はない。

皆が彼に失望するには十分だ。

一方、私でさえも気が付いていなかった事実を明るみに出した今回のエレノアの記憶力と洞察力には、一目置いた者も多いだろう。貼られかけていたレッテルなんて、今や遠い空の彼方。彼女の貴族生命の安全はこれで完全に保たれた。

が、これで終わらないのがエレノア品質だ。

もう十分死体に鞭打つ状態なのに、何かに気が付いたらしい彼女は少し困ったように笑う。

「これではむしろローラ様の方が、婚約破棄を申し出たくなってしまいますよね」

彼女の事だ、何の悪気も無いのだろう。しかし、だからこそ言葉の殺傷能力が高くなることも往々にしてある。

更なる追い打ちに、ルドガーがガクッと床に両ひざをついた。

王太子に向かって掛けるにはかなり不敬な言葉だったが、この騒動が勃発した当初ならば未だしも、状況が変わった今は、もう誰一人として彼女を咎める者などいない。

それどころか、どこからか「プッ！」と吹き出す声さえ聞こえ、乗じるようにモルドもクックッと笑う。

「エレノア嬢、顔に似合わずえげつない事を言うね」

私もモルドと同じ事を思った。おそらく周りも同じだろう。が、エレノアだけは何故かキョトンとする。

「何がです？」

「何がって……、え。ホントに全然気付いていないの？」

「だから一体何がです？」

どうやら彼女は本当に、自分がどれだけの皮肉を言ったのか、まだ理解できていないらしい。

モルドは「うーん」と唸りながら「じゃぁさ、ちょっと想像してみてよ」とエレノアに一つ問いかける。

「もし第三者を晒し者にしたくて自分が起こした騒動で、逆に自分が公衆の面前でたくさんの自分の不届きを晒す結果になったとして、その後誰かに『君が最初にやった事、むしろ向こうがやり返したいくらいだよね』って笑顔で言われたら、エレノア嬢ならどう思う？」

「それってつまり『自業自得で晒した恥を、更に攻撃される』という事ですよね？　そんなのもちろん顔から火が出るほど恥ずかしいに決まって……ぁ」

言いながら、どうやらやっと気が付いたらしい。

ハッとした顔になったエレノアは、次の瞬間ものすごい勢いで両手でパシッと口を押さえた。が、時すでに遅し。言った言葉は戻らない。

彼女もそれは分かったのか、床に膝をつく殿下に向かってアワアワとしながら弁明する。

「あっ、いえ、そのっ！　何も『そうじゃなくても既に恥ずかしい殿下を更に辱めよう』とした訳では――」

良かれと思って言ったのだろうが、元ある傷を更に深くえぐる結果にしかなっていない。

ルドガーはとうとう両手も床について、自分の恥に項垂れた。

それを見たエレノアは更にアワついて、モルドがまるで悪戯を思いついた子どものようにニヤリと笑う。

「いやぁ、普段はこんなにのほほんとした感じなのに、実は相当な腹黒なのかもしれないなぁー。エレノア嬢」

もちろん他意が無かった事なんて、モルドも承知の上だろう。それでもわざわざ真面目腐った顔を作って言った彼は、間違いなくエレノアを揶揄いにきている。

しかしそれに全く気付けない――どころか、その斜め上をいくのが彼女だ。

「なっ、失礼な！　私のお腹は肌色ですっ！」

場に放たれた渾身の一言は、間違いなく彼女の本気だった。

ぐうの音も出ない程の真っ当な答えを返してやったという自負があるからか、彼女は怒りながらも胸を張る。

が、だからこそ、ダメだ。我慢できない。

今日までずっと、外交官になるために必要なものを、貪欲に会得してきたつもりだった。知識や弁舌だけじゃない。美しい立ち居振る舞いをするための体も武器の一つだと思って、あらゆる部分を鍛えてきた――つもりだったのだけど、まだまだ修業が足りなかったらしい。

私の口の筋肉は、突然せり上がってきた笑いの衝動に残念ながら耐えきれなかった。慌てて口を押さえたが、結局吹き出してしまう。

幸いなのは、吹き出したのが私だけではなかった事だ。会場中で吹き出し声の珍妙な大合唱が起きた。エレノアだけが驚いているが、それさえも笑いの起爆剤になる。

ちょっとエノ、本気なの？　いや、きっと本気なのでしょうね。そう、自問自答する。

今の今まで蔓延っていた陰気な重い空気が一気に吹き飛ばされた。

実に喜ばしい事である。しかしだからこそ、このまま功労者を一人だけ置き去りにするのは可哀想だ。どうにか笑いの衝動を抑え込んで、彼女に真実を教えてあげる。

「あ、あのね、エノ？　『腹黒』っていうのは、本当にお腹が黒いという意味ではなくてね？」

短い間隔でやってくる笑いの波と闘いながら、どうにか腹黒の真の意味を伝える事に成功すると、エレノアはみるみるうちに顔を赤くした。

口をパクパクさせながら「な、あ、そ」と言葉にならない声を出すのは、おそらく反論したいのに言葉が見つからないからだろう。

恥ずかしさに、大粒の涙が目に溜まる。まるで助けを求めるようにゆっくりとモルドに目を向ければ、やっと笑うのを止めた——いや、よく見たらまだ口の端がふよふよと浮いている——彼が「言い返してみてよ」と言わんばかりの楽しげな目を彼女に向け返す。

挑発されたエレノアは、グッと言葉を詰まらせて羞恥にプルプルと震え出す。

懸命に言葉を探したようだったけれど、結局思いつかなかったのだろう。期待しているモルドに、悲鳴にも似た声を上げた。

「ひ、酷いですっ!!」

腹黒の意味を分かっていて教えてくれなかった事、大笑いした事、そして何より全然助けてくれない事。色々な事に対する抗議が詰め込まれたこの一言は、どうやら彼には期待以上に思えたらしい。

「——あぁもう本当にエレノア嬢は、コレだから見ていて飽きないよね」

可笑しそうでありながら、甘くとろけるように破顔した。

この言葉は、きっと、ただの独り言だったのだろう。

思わず出てしまった本心。少なくとも私には、彼女への明確な好意の表れにしか見えなかった。

そもそも私は今までずっと、多分モルドは彼女を好いているのだろうなと思っていた。

たしかに彼はいつも彼女に少しばかり意地悪だけれど、その根底には常に彼女への気遣いがあったから。

今日だってそうだ。騒動の外側からわざわざ首を突っ込みに来て、エレノアの緊張をほぐしたり、助力したり、身を切るような賭けにでたり。

先程のルドガーとレイの口づけの件なんて、正にその筆頭だろう。人の密事を口にするのは、そうでなくてもリスクが高い。それを彼は、王族相手にしてみせた。

たとえ王族を敵に回しても、譲れないものを守る。彼にはそういう決意がある。

そんな彼が今しがた、今までずっと心の中でじっくりコトコト煮詰めてきただろう想いを、目の前でついに決壊させた。

私はエレノアの親友だ。だけど同時に、モルドの友人でもある。

もしこの二人が共にいる事で幸せを得る事ができるのならば、そうと確信できたのならば、私が今すべき事は一つしかない。

「もう貴方たち、とっととくっついちゃえばいいのに」

私の言葉に、二人はそれぞれに、実に顕著な変化を示した。

私の言葉に赤面したエレノア、そんな彼女を見て少し目を見開いたモルド。居合わせている人の殆どが、それだけで二人の想いを察する事ができただろう。

だから更に、二人にえこひいきをする。

「ねぇモルド様、どうせならこの場の全員を見届け人にするのはどうかしら？」

エレノアも年頃の令嬢だ、たとえ裏で彼がどのような保険をかけていようとも、彼女の洞察力を面白いと思った人間が横やりを入れてくるかもしれない。

ならば公衆の面前で分かりやすく予約してしまった方が、きっと後々面倒な事にならずに済む。

私の提案に、モルドは目を丸くした。しかし数秒のラグを経て、片手で顔を覆いながら、深呼吸のようなため息を一つ吐く。

指の間から片眉を上げチラリとこちらを見た彼には、どうやら色々と言いたい事がありそうだった。

が、結局彼は優先順位が高い方をきちんと選んだ。すぐに佇まいを正し、目の前の女性をまっすぐ見据え、床にゆっくりと片膝をついた。

何かを察したエレノアが、途端に周りの目を気にしだした。それでも「エレノア嬢」と名を呼ばれると、羞恥と動揺と不安と期待が入り混じった真っ赤な顔を彼に向け、真摯な瞳に囚われてしまったようだった。

「君の事を、一人の女性として想っている」

まっすぐな愛の発露に、エレノアがゆっくりと目を見張る。

「いつものほほんとした雰囲気も、僕が揶揄うとすぐにムキになる所も、意外と周りのことを見ていて、よく気が付いたりする所も」

愛しいのだ、と彼は目で彼女に語った。

耳に、首に、鎖骨の方に。エレノアの体の赤い範囲がじわりと広がっていく。

彼女がちゃんと彼の言葉を、誤解なく受けとっている証拠だ。その事実に安堵して、異性として意識してくれている事が嬉しいのだろう。彼の頰にも喜びの朱が滲む。

「たまに常識から外れた事を言ったりとかもするけどさ、そんな所もひっくるめて全部」

エレノアの手をスッと取れば、緊張に彼女がピクリと反応した。クスリと笑みを零した彼は、彼女の華奢な指先を優しく握り込む。

「ひどく危なっかしい君を『守りたい』と強く思う。君の全てを大切にして、君を必ず幸せにするよ。だから」

決意の瞳が、彼女を射貫いた。

「――エレノア嬢、僕と結婚してくれませんか？」

熱のこもった声だった。まるで「もう愛しさを隠すのは止める」と周りに宣言しているかのようだった。こちらまでつられて赤面しそうになる。

エレノアが見せた逡巡は、もしかしたら二人の未来を想像してみるためのものだったのかもしれない。

腕まで真っ赤になった彼女は、恥ずかしげに少し顔を伏せて緊張に唇を震わせる。

「こ、この先きっと何があっても、モルド様と一緒なら何も怖く無いと思います。——あの、よろしく、お願いします」

告げられたのは、か細い承諾。モルドの顔がふわりと綻ぶ。

「ありがとう。絶対に、幸せにするよ」

握っていた彼女の手の甲に、彼がゆっくりキスを落とした。

手の甲へのキスは、相手を敬い愛を告げるキス。貴族界では婚約の了承を得た者が、相手に「貴女を尊重し、共に歩く」と誓うためにするキスだ。

会場中が、ワッと沸いた。傍観者だった貴族たちは、誰もが二人の見届け人へと転じ、競うように拍手と喝采を二人に贈る。

大きな歓声に真っ赤なままで驚きアワアワとするエレノアと、喜びと安堵に満ちた顔で周りに軽く手を上げ祝福を受け取るモルド。対照的な二人が微笑ましい。

照れ隠しに「こ、こんな所で言わなくても！」と顔を赤くして怒るエレノアの腰を、モルドがちゃっかりと抱き寄せた。

「それを言うなら、シシリー嬢に言ってほしいな」

「あらいいじゃない、上手くいったのだし」

私を見てくる彼に応えて、改めてお似合いの二人を見る。

「おめでとう、二人とも」

「ありがとう、シシリー嬢」

「ありがとうございます、シシリー様」

揃って微笑んだ二人は、幸せに満ち満ちていた。

この二人なら、きっと時にじゃれ合いながら、上手くやっていくだろう。


その後パーティーは、つつがなく進行し、終わりを迎えた。

エレノアとモルドがもたらした嬉しい報せのお陰で、場の空気を本来の目的であった父の祝賀会へと戻すのも比較的容易に済んだ。

出席者たちは皆、満足げに帰路へとついていった。パーティーは、その本分を十二分に果たしたと言っていい。

ただ一つの心残りは、結局あの後ルドガーとローラがどのような決着を迎えたのかを見届けられなかった事である。

とある日の、昼下がり。お茶会へと招かれた私は、白いサザンカが咲き誇る庭園のティーテーブルを二人の令嬢と一緒に囲んでいた。

優雅な手つきで紅茶を傾けるローラ、お茶菓子に出されたクッキーにパクリと食いついたエレノア。二人と同席している私は、小鳥の可愛らしいさえずりを聞きながら、ティーカップをソーサーへと置いた。

今日のお茶会の主催者・ローラは、今や時の人である。

殿下との婚約破棄の一件を物見遊山的に聞きたがる紳士淑女は多く、ほとぼりが冷めるまでの間、彼女は社交の場から一時的に身をひそめなくてはならなくなった。

破棄されて落ち込むような人ではないと分かっていながらも「どうしているのかな」とは思っていたので、今日のお茶会は嬉しい機会だ。

案の定というべきか、まったく変わりなさそうな彼女に小さく安堵の息を漏らす。

が、それにしても。

「あっ！　これとってても美味しいです！」

エレノアは、今日も相変わらずマイペースだ。

ローラとはそれ程親交がある訳でもなかった筈だし、爵位に差だってある上に王太子の婚約者に選ばれる程の実力者の前にも拘わらず、こんなにも平然といつも通りでいられるエレノアは、やはり大物なのだろう。

そこがエレノアの良いところよね、などと思いながら「じゃぁ私も一つ、頂こうかしら」とクッキーへと手を伸ばす。

口にしてみてすぐに、その上等さが分かった。

サクサクとした軽い食感に、ほんのりと口内に香るバニラ。甘すぎない上品なこの味付けは、素材が良いのはもちろんの事、今日の紅茶にもよく合っている。

「たしかにとても美味しいわ」

「でしょう？ 私、これは絶対にシシリー様好みだと思ったのです！」

たしかにこの控えめな甘さはとても私好みだ。が、エレノアが胸を張るのはおかしい。

「貴女が用意した訳じゃないでしょう？」

「ふふふっ、別に構いませんよ。喜んで頂けて何よりです。実は少し伝手がありまして、つい先日ルイゼビリ王国から取り寄せたばかりのものなのです」

好評だったのが嬉しかったのか、楽しげに教えてくれたローラに、私は「あぁなるほど、あの国から」と納得する。

外交官になるためには、もちろん各国の名産も知っておかなければならない。情報のアンテナを張り巡らせて常に入手・更新し続ける事は、最早外交官職に就く者の基礎にも等しい。

そう教えてくれたのは、たしかゼナードお兄様だった。

もちろんルイゼビリ王国も既知だ。故に、このお菓子の秘密にも少なからず想像がつく。

「たしかあの国では少し変わった材料・製法で砂糖を生産しているのよね？　もしかしてこの、上品な味わいの秘密は」

「流石はシシリー様、その通りです」

なるほど、やはり件の砂糖を使ったお菓子らしい。という事は、彼女の伝手の正体は。

カマかけの成功に、心の中で密かにほくそ笑む。

たしかにあの国では少し変わった砂糖が作られているが、味が良く製法にも手間がかかるせいで、流通量はそう多くない。紅茶のお供に手に入れた貴族も、大抵はお菓子に混ぜ込むなどという勿体ない事はせず、丸く成形されたそのままの状態で風味を楽しむのが大半だ。

それをクッキーに混ぜているという事は。

――どうやらこれをくださった方は、かなり高い地位の持ち主らしいわね。

たしかローラは、王族の代理として以外はルイゼビリ王国に伝手を持っていなかった筈。となれば、おそらく最近新たにできた伝手ということなのだろう。

その辺の事情が少し気になる。が、少なくとも今は、必要に駆られている訳ではない。彼女への心証も考慮すれば、あまり不躾に深堀りするのはよろしくない。

「ぜひたくさん召し上がってください。先日のお詫びも兼ねての招待でもあるのですから」

「えぇありがとう、ローラ様」

笑顔でお礼の言葉を告げると「本当ならば、ドリートラスト卿にも来てもらえれば良かったのですが」と、少し残念そうな声が返ってくる。

ローラはモルドにも今日の招待を出していたのだ。しかし所用があるとかで、今回は欠席になっている。

「『僕は用事で行けないから、女性三人で楽しんでおいでよ』と笑って言っていたけれど、本当に用事だったのか、それとも女の長話を前に尻尾を巻いて逃げたのかは少し微妙なところよね」

「ふふふっ、そうなのですか？」

私の軽口をローラは楽しげに受け止めてくれる。その少し気の抜けた表情に、私は懐かしさを覚えた。

私とローラの間には『王太子・ルドガーと同い年の公爵家の娘』という共通点があった。

昔はルドガーの友人役としてよく一緒に王城に招かれ、遊んでいた仲である。

しかしいつまでも私が側に居たら、周りからルドガーとの間に妙な勘繰りを受けかねない。恋愛感情は無いにしても『他の女の影』はローラにもあまりいい影響は与えないだろう。

ローラとだけ交友を続けるという選択肢も無いわけではなかったが、あの王太子が「何故自分だけ仲間外れにするのか」と言ってくるのは目に見えていた。

だから二人が婚約してからは、どちらとも距離を置いていたのだ。

今でもあの時の配慮に間違いはなかったと思ってはいるものの、だからといって彼女との気安い交友関係が切れてしまった事を残念に思わない訳ではない。

いつか機会が巡ってきたら再び仲良くできれば良いな、と実は少し思っていた。

「実は私、シシリー様にずっとお礼が言いたいと思っていたのです」

「お礼？」

紅茶を片手に微笑むローラに、私は思わず首を傾げる。

何の事を言っているのだろう。少なくとも私には、お礼をされる心当たりは無い。

「シシリー様、『シシリー様を王妃に』と声高に主張している貴族たちを、実はずっと陰ながら抑えてくださっていたでしょう？　お陰で殿下の婚約者時代には、随分と楽をさせていただきました」

あぁその事か。流石は元王太子妃候補、どうやら裏工作はバレていたらしい。

しかし、だ。

「あれはあくまでも自分の立場を守るための行動よ？　もし私の夢と貴女の立場が共存できなかった時は、私は私の夢を優先したと思うし」

「もし共存が叶わなかったとしても、貴女の事です。結局何かしらの理由を付けて第三の方法を考えてくださっていたような気がしますが」

確信ありげに言う彼女に、変わっていないなと苦笑する。

昔と比べて随分キッパリと物を言うようになったけれど、こうして他人の思惑にちゃっかりと便乗し、美味しいところを持っていくのが上手いのだ彼女は、昔から。

「結局周りを放っておけない所、シシリー様は昔とまったく変わりませんね」

思っていたのと似たような言葉を返され、驚いた。けれど、懐かしそうに目を細めた彼女に、「私がルドガーやローラの事が少なからず分かるように、ローラもまたそうなのかもしれない」と思い直す。

「シシリー様は、今もあの夢を目指し続けているのですよね？」

「ええ、もちろん」

ティーカップの中をスプーンでクルクルと混ぜながら、ローラがそんな事を聞いてくる。昔を思い出してでもいるのだろう。私も目を伏せながら、何かある度に「外交官たるもの」と言っていた幼かった頃の自分を思い出し、微笑する。

「今までのお返しも兼ねて、何かお力になれればいいのですが」

困ったような声で言う彼女は、暗に催促してきているのだろう。「借りは早めに返したい」という言葉が透けて見える。

しかし突然言われても困る。特に今困っている事はないし、そもそも彼女のコネや伝手で自分の夢をどうにかしてもらうつもりもない。

私は私自身の力で、ゼナードお兄様の隣に立つのだ。でなければ、胸を張って彼の隣には立てない。

「そちらに関しては、お気持ちだけ受け取らせていただくわ。その代わり、一つお願いがあるのだけれど」

おそらく普通に断っても、彼女は納得しないだろう。ならば代わりに気になっていた事を、この機会に一つ聞いてみたい。

「何でしょうか」

「私ずっと、あの日の二人の事の顚末が気になっているの」

あの日とは、もちろんルドガーが婚約破棄を言い出した日のことだ。

どのような経緯であれ、婚約破棄というだけで多少なりともローラの名に傷がつく。王太子に対しては未だしも、彼女がルドガー個人に何一つとして反論や決別をせずに済ませ

ると は思えない。

だからずっと気になっていたのだ。ローラがあの時、彼とどのような会話をしたのか。

「そのような事でいいのですか？」

「えぇ。もちろんローラ様が嫌でなければでいいのだけれど」

彼女は少し目を伏せた。

小さく笑って「そもそも巻き込んでしまったお二人には、知る権利がありますからね」と言った彼女は、特に嫌そうな風ではない。

「ご期待にそえればいいのですが」

そう一言言い置いて、あの日の事を話し始めた。

❖

あの日、周りがちょうどエレノアとモルドへの祝福ムード一色に染まっていた頃。私、ローラ・カードバルクは、一人の男に冷ややかな視線を向けていた。

王太子・ルドガー。私の婚約者だった人。

目立つことが好きで、浅慮で短気で直情的で、その分情に厚い人。

憐れみどころか既に冷たい視線さえも向けられていない彼は今、ただただ自らのプライドの高さが齎した恥で、両手両膝を床に付けてガックリと項垂れている。

一国の王太子がこの有様だなんて、まったく嘆かわしい。――まぁ、そんな事はもう私が気にすべき事ではないのだけれど。

「――エレノアさんったら、良い記憶力をお持ちですね。まさか時期まで当てるなんて」

軽くジャブを打ってみれば、彼の肩がピクリと動く。顔は上がらないが、聞いてはいるようだ。ならばいい。

この空間の関心を根こそぎ攫っていってくれたエレノアのお陰でせっかく得られた、あまり周りの目を気にせずにゆっくり彼と会話できる機会である。

政治的な決着は後日、陛下の前で行われる。だからここで個人的に、彼と決着を付けよう。今まで私が抱いてきた思いを吐き出して、背負ってきた義務たちと決別するために。

まず、笑顔を作った。これまでずっと王太子の婚約者として磨き続けてきた微笑みを。言葉には、人の顔色を読むのが苦手な彼にも正しく分かってもらえるように、たっぷり嫌味も込めておく。

「呼び名が変わって以降は毎回、夜会への同伴も現地集合。一応会場内では私のエスコートをしていましたが、周りから見えないところ……例えば馬車での移動時などには、これ見よがしに必ずレイさんを伴っていらして」

私たちは最初から最後まで、それぞれの立場に生じる義務を果たすための協力者だった。

その事に不満を抱いた事はない。私は結局ただの一度も彼に恋情を抱いた事は無かったし、彼もそうだっただろう。

だから彼に想い人ができる事は、むしろ良い事だと思っていた。彼女の存在を許容し、少しの事になら目もつぶった。

だけど、常にレイの方を優先されれば私の面目が立たない。

私の近しい使用人や彼の側近たちには、私が陰ながら蔑ろにされている事なんて少なからず知られていた。

人として、屈辱だった。家を軽んじられているようにも思え、両親に申し訳なく思った。

しかしずっと、それらの不満は誰にも口にしなかった。彼と婚約した時に自分に立てた「この国のために生きよう」という誓いを、絶対に破りたくなかったから。

だけどもういい筈だ。だってもう、『殿下の婚約者』という私の役割は終わるのだから。

「貴方はずっと、社交界の表舞台でだけ関係性を取り繕えればそれでいいと思い続けていたのでしょう？　学校を私有地か何かと勘違いして、好き勝手していたくらいですしね。その浅慮に足をすくわれた気分はいかがです？　……あら、そんな顔をしないでくださいな。何度注意しても聞く耳を持たなかったのは、貴方の方ではありませんか」

のそりと顔を上げた彼と目が合った。覇気の無い、それでいて恨み交じりの瞳だ。

さも「今更俺に何の用だ」とでも言いたげだが、彼にはまだ黙って聞いてもらいたい事がある。

腹が立つほどにこやかに、彼を煽るためにありったけ、満面の笑みを作ってやる。

声にはあえて、怒りも、蔑みも、他の感情も、全てを排して厭に優しげに。凶器は言葉に持たせよう。

これは王妃教育の悪用だ。

空っぽな感情と優しげな声色は、相手に親しみとは真逆の印象を与える。そう知っていて、あえてそうする。

「エレノアさんは、実に素敵な提案をしてくれました」

そして笑みを、ここで解いた。

残ったのは、無表情。優しげな声色だけを残して、言い知れぬ恐怖に青ざめている彼へと、明確に決別を口にする。

「私ローラ・カードバルクは、今この場で王太子殿下との婚約破棄を申し出ます。受諾については陛下の居る場で頂くことと致しましょう。――貴方が先に望んだ事ですもの、もちろん異論はありませんよね？」

プライドの高い彼だから、自分が相手を切るのは良いが、自分が切られるのは屈辱だろう。だからこれは、ちょっとした意趣返し。そんな少し意地の悪い事を考えながら、流れるように踵を返す。

彼から答えは返ってこない。おそらくそれが、彼の答えだ。

「ご機嫌よう、殿下」

背中越しに別れを告げた。

私は一度も振り返る事はなかった。誰に呼び止められることもなく、会場を後にした。

「どうでしょう、シシリー様のご期待にはそえたでしょうか」

期待にはそえた。それも大いに。だからこそ、悔しく思う。

「そんな面白そうな所を、まさか見逃してしまうだなんて……！」

さぞかしカッコよかっただろう、ローラが彼を切り捨てる様は。

できる事なら一部始終を、この目で実際に見たかった。

しかし全ては終わった事だ。せめてこうして当事者から直接話が聞けただけで、良しとしなければならないだろう。

自らにそう言い聞かせている私の隣で、エレノアがポツリと「それにしても今後、殿下はどうなるのでしょうか」と言った。

ずっとクッキーに夢中なようだからてっきり聞いていないと思っていたのだけれど、どうやら聞いていたらしい。

「婚約は破棄したのよね？」

「ええ。私と殿下、双方の希望を叶える形で。しかし腐っても王太子です、厳しい罰は無いでしょうね」

そうだろうな、と私も思う。

情報では、一部の過激派――ローラの強い信者からは『廃嫡に』という声が上がっているらしいが、現実的には無理だろう。

なんせ今は時期が悪い。おそらく今回は、軽くて王からの叱責程度、重くてもせいぜい私室での一定期間の謹慎が関の山、というのが私の見立てだ。

「えっ、ローラ様との婚約破棄であんなに周りを混乱させたのに？」

ルドガーにとっては結果的に名誉回復の猶予を与えられた事になるけど……などと思っていたところに、呆れた事にエレノアのキョトン声が疑問を呈した。

「エノも聞いた事くらいはあるでしょう？　今王城内部がゴタゴタしているという話」

「えーっと、何となく？」

この子、絶対に分かっていない。

「外交に失敗したせいで、今ちょうど近隣国との関係が悪化しているのよ。だから上層部は今、その対応に追われているの。こんな時に廃嫡なんてしたら、隙を見せる事にもなりかねない。いわゆる政治的判断というやつよ」

見かねて説明してやれば、彼女は「へぇー！」と感心したような声を上げた。やっぱり分かっていなかったんじゃない。

「でも一番お気の毒なのは陛下よね。こんな時期に身内から不祥事を出して、さぞ肩身が狭い事でしょう」

「その上今お父様が、自主的に屋敷での謹慎に入っているので、なおさら大変なのではないかと」

「え、宰相閣下が？」

これには思わず驚いた。しかし頷けることでもある。

ローラのお父様は、厳格であると同時に娘思いの優しい方だ。

ローラに対する殿下の仕打ちに腹を立てた彼が有無を言わせぬ笑顔で陛下に「しばし自宅謹慎をさせていただきます」と宣言する姿は、想像に容易い。

この国の最終決定権を持つのが陛下なら、その決定が滞りなく執行されるように取り計らうのが宰相の役目である。城内がゴタついている現状で彼が不在になってしまったら、間違いなく業務に支障をきたす。たしかに今頃、陛下は大変だろう。

「部下からは『帰ってきてください』と泣き付かれているようですが、お父様曰く『殿下に大きな罰が下るとは考えにくい以上、これが丁度いい塩梅だろう。監督不行き届きも自業自得だ。陛下には、部下から精神的な突き上げを食らって反省していただくのが良かろう』との事でした」

「それはまた……、復帰は少し遠そうね」

「流石に本格的な国の危機に直面すれば、出張らざるを得ないでしょうけれど」

なるほど。陛下の苦労が偲ばれる。

しかし苦労を被るのは、おそらく陛下だけではない。

――ゼナードお兄様も、今頃は忙しくしているのかしら。

隣国の件、外交の失敗となれば、外交部が動いているのは間違いない。

失敗したのはゼナードお兄様ではないけれど、だからこそ彼が方々を駆けずり回っている可能性は高い。

もちろん詳しい内容は、あまりよく分からない。どの程度まで話が進んでいるのかはおろか、そもそも何が原因で関係がこじれてしまったのかさえ情報が入ってこない。

が、それでも気が付けば考えてしまう。

私にも何かできる事はないだろうか、と。

お兄様の為に、いや、国の為に、たとえ実際には何もできずとも、考える事だけは止めたくなかった。私がお兄様の為に何かできる余地があるとしたら、おそらくここだけなのだ。

思案し、一つ思いついた事がある。

この程度の事で……いいえ、どこから状況が好転するかは分からない。当事者を直接つつくだけが外交手腕ではないだろう。ならば選ぶべきは……と考えた所で、耳にクスリと淑やかな笑い声が落ちてきた。

半ば無意識的に、下がっていた視線を上げる。

楽しさを孕んだローラの瞳と目が合った。何だろうと思っていると、おもむろに「シシリー様、まるで新しい算段をつける黒幕のようなお顔になっていますよ？」と言われる。

「黒幕とはまた人聞きの悪い」

「あらシシリー様は、知らないのですか？　先日の私の婚約破棄の件、どうやら社交界では『私とシシリー様二人の合作だった』という噂が主流なのだとか」

「えぇ？」

何故そんな事実無根な噂が？　片眉を上げながら言外に尋ねると、彼女は悟ったような表情になる。

「噂というのは往々にして、現実味よりも面白さが優先されるものですから」

「私が黒幕だった方が面白い、と？」

「少なくとも、ストーリー性はあると思いますよ？　それに、シシリー様には様々な前科がありますから、きっと想像もしやすいのでは？」

そう言うと、彼女は指折り『ベットーラ侯爵子息とビンズ侯爵子息の大喧嘩』や『王城での資産管理を発端とする使途不明金事件』を挙げてくる。

そのような名前が付いていたとはこれまた初耳だったものの、言われれば何の事か分かるくらいには心当たりがあるトラブルだ。

「素晴らしい功績だと思います。あれだけいがみ合っていた両侯爵子息たちは、今や親友の如き仲の良さどころか家同士で国家事業に乗り出すにまで至っていますし、使途不明金の方は横領の事実を明らかにしたどころか、埋蔵金まで見つけて逆に国庫が潤いましたし。根も葉もない噂にも、自ずと信憑性が出てしまうものです」

彼女の言うことも分からなくはない。たしかに噂とは往々にして、噂をする人間が楽しめる方へと転がるものだ。私もそれを逆手にとって噂を武器にした事がある。

でも今回に関しては、事の真偽なんて少し考えれば分かる筈だ。

本来なら私はただの外野。何故わざわざ無関係の策謀を、巡らせなければならないのか。

それなのに、まったくもう。こんな勘違いをされるのも、全てはどこかの誰かさんが、そこかしこで素っ頓狂を発揮するせいだ。

しかし最も気にくわないのは、彼らが私たちを侮っている事である。

「大体ね、もし私とローラ様が最初から手を組んでいたら、もっと上手くやれていたわよ」

少なくとも、あんな付け焼き刃で行き当たりばったりな展開にはならなかった。もっと手際よく相手をコテンパンにした上で、私たちも実利が得られる算段をした筈である。

「同感です。私、シシリー様だけは絶対に敵に回したくありません」

「あら、奇遇ね。私も同じ気持ちだわ」

「であれば今後も、良い関係が築けそうですね」

私の方こそ、彼女とは今後良い関係を築きたい。

ローラがティーカップを手に取ったのに合わせて、私も紅茶で口を湿らせる。

三者の間に沈黙が下り――なかった。思わずジト目を一点に向ける。

先程からずっとサクサクサクサクサクサクサクと、絶えず咀嚼音を立てている人物が一人いる。緩くウェーブがかかった長い髪を揺らしながら、両手で持った一枚のクッキーに夢中な令嬢が一人。

「ねぇエノ、ちょっと食べ過ぎじゃない？」

「……ふぇ？」

頬袋をパンパンにしたエレノアが、疑問顔でこちらを見てくる。

リス科の動物のような可愛らしさがあるものの、可愛いから、非公式の場だからといって、淑女にあるまじき状態になるのは頂けない。

「貴女も婚約したのだから、いつモルド様の隣に立っても恥ずかしくないような立ち居振る舞いを心がけなければダメよ？」

呆れ交じりに指摘すれば、彼女は慌てて口内を咀嚼し切ろうとモグモグの速度を少し上げる。

必死ささえも、可愛らしい。「あの素っ頓狂発言さえなければ、見ていて和む子なのよねぇ」と小さく笑みを漏らせば、同じようなタイミングで控え目な笑いが聞こえた。

どうやらローラとは「エレノアを愛でる」という点でも、けっこう気が合いそうだ。

「そうだわ、エレノアさん。私、一つお聞きしたい事があるのですが」

「むぐむぐ……何ですか？　ローラ様」

やっと口の中のものをすべて飲みこんだエレノアが大きな目をパチクリとさせつつ答えれば、穏やかな口調と綺麗な笑みで、ローラが一つ質問を投げる。

「ドリートラスト卿とは、あれからどうなったのですか？」

一見すると落ち着いた淑女口調の問いなのに、その実、目には隠しきれない好奇心が見えている。

あぁ思い出した。そういえば彼女、意外と他人の色恋について聞くのが好きだったわね。

私もよく彼女には、ゼナードお兄様との事を根掘り葉掘りと聞かれていたし。

私がそう考えている一方で、まさかそんな事を聞かれるとは思いもしなかったのだろう、一拍の後、エレノアは何故かポンッと顔を赤くした。

一体何を思い出したのか、ちょっと興味がそそられる。

彼女は最初「えっと」とか「あの」と話す事を躊躇していたが、ローラの期待のまなざしからは逃れられないと悟ったのだろう。指をモジモジと絡ませながらやがておずおずと口を開く。

「実は先日モルド様が、私の家に挨拶を……」

「あら、では正式に婚約が成ったのですね！」

ローラが胸の前でパンッと手を打つ。コクリと頷いたエレノアは、羞恥と喜びの入り混じった顔になっている。

「それでその、モルド様、どうやら以前からこっそりと、我が家に婚約の打診をしてくださっていたみたいで」

「あらまぁ！」

「それもあってか、話もかなりトントン拍子に進んでいて」

「まぁまぁ！」

話していくうちにエレノアも段々と羞恥の色が薄れていき、最後には頬を染めつつはにかんだ。どうやら二人は順調に、結婚への道を歩んでいるらしい。

微笑ましく思いながら眺めていると、ハッと我に返った彼女は恥ずかしいのをごまかすように、ローラに話を振り返す。

「ロ、ローラ様こそどうなんですか？　ローラ様ほどの方ならば、もう縁談もたくさん来ているのでは？」

苦し紛れの問い掛けに、ローラはニコリと微笑んだ。

「えぇまぁ、それなりに」

多くを語らない彼女に「おや？」と思っていると、彼女の目が私へと向く。

「私よりも、今はシシリー様の方がよほど話題が豊富なのでは？　まぁ貴女の場合は、懸念と言った方が正しいのかもしれませんが」

流石はローラ、どうにも目敏い。

彼女が今言った通り、私は今正に大きな懸念を抱えている。が、何もエレノアが居る前で言わなくても。

興味津々なエレノアの目を敢えて無視してローラを見れば、どこ吹く風の彼女にむしろ「隠していても、どうせいずれバレるのですから」と言われた。

「万が一にも公の場で彼女に初バレした結果、もし先日の調子で暴発されたら。それこそ堪ったものではないのでは？」

彼女の言う通り……なのだが、言葉尻を弾ませたローラに「他人事だと思って」とつい言いたくなってしまう。

が、結局エレノアからの、今にも「私には教えてくれないんですか？　ズルい！」と言い出しそうな涙目には敵わなかった。

「別に、単に『殿下の婚約者の席が空いてしまったから、そこに私の名が挙がる可能性を可能な限り早く潰したい』というだけの話よ」

「爵位的にも能力的にも、むしろシシリー様の名前が挙がらなければ誰の名が挙がるのか。私は甚だ疑問ですけれど」

「ちょっとローラ様？」

「ふふふっ、でも本当の事ではありませんか」

からかい口調で言われるが、冗談ではないという話だ。

「シシリー様が、次の王妃様候補に？」

「ちょっとエノ、怖い事を言わないで頂戴。私には、殿下にかまけている暇なんて一ミリだってないのだから」

「シシリー様は夢追い人ですものね」

ローラの指摘にエレノアも「あっ、そうでした！」と手を叩いた。

すぐに胸の前で腕を組み「ではどうしたら……うーん」と大きく頭をひねり始めた彼女

の隣で、ローラが冷静に私の心情を推察する。

「正直な話、シシリー様はどうあっても最後にはご自分の夢を叶えると思うのですよ。国母の座を上手く回避して。しかしそうなると、問題が一つ。シシリー様も同じ事を気にしているのでしょう？」

「えぇ。もしそうなったら、一体誰が王妃になるのか。『きちんと王妃ができる方を見つける事』、それが私の今の課題」

知性、品性、家柄、所作、社交スキル、そしてそれらを支えるための屋台骨である性格的適性。王妃になるために必要な条件は多岐にわたる。

全てを持つ人間を探すのは難しいが、中でもルドガーの想い人・レイは最悪だ。もし何かを間違えて彼女が王妃になってしまったら、間違いなく国は滅ぶだろう。

例えば今回の婚約破棄の件、おそらく裏でルドガーをけしかけたのは彼女だ。

そもそも婚約破棄を相手を晒すための道具にしようだなんて、そんなまどろっこしい真似をルドガーが思いつく訳がない。

誰かの入れ知恵があったのは明白。となれば問題は、無駄にプライドが高い彼が、誰の影響を受けたのかだ。

あの騒動の前からルドガーは、レイに熱を上げるあまり彼女の無礼や横暴に随分と目を瞑っていた。意外と情に脆くって、好いた相手のお願い事を叶えてあげたい願望が強い彼が、たとえば彼女のお願いを聞く形で今回の事を起こしたのだとしたら。全ての辻褄が綺麗に合う。

「どうしても叶えたい願いを叶えるために策を巡らせる事自体は、何も悪い事ではない。でも、手段が良くなかった」

「えぇ、彼女はもっと手堅い手段を取るべきでした。あんな派手さだけで根回しも無ければ確実性も無い、ただ相手を負かす事、貶め優越感に浸る事に重きを置いた手段なんて講じずに」

あの采配から透けて見えるレイという人物像は、確実性よりスリルを選ぶ快楽主義者。元々我欲的で、欲を満たすためには手段を選ばない傾向が学園内でも散見されていたから、おそらく彼女の本性は今得ている人物像に限りなく近いのだろう。

彼女がもし王妃になったとしたら、国の行く末を決定づける大事な場面で、国の平和や利益よりも自分自身の身の安全や実入りを優先するかもしれない。国にとって、かなり危険な存在だ。

ローラも似たような事を思ったのかもしれない。ため息が綺麗に同調し、互いに苦笑する。

「王妃になれる素質プラス、そもそも殿下は浅慮で直情的なのだから、そんな彼を上手く導くことができる人でなければ、王妃は務まらないでしょうね」

「その上『愛する人の願いはなるべく叶えてあげたい願望』が強い殿下のために、正しい願いを抱ける人を用意しなければ」

「えーっとつまり、まずは知性、品性、家柄諸々の、国母に必要な条件を満たした上で、殿下をコントロールしつつ、殿下ときちんと愛を育みながらも、国の将来を見据えてきちんと真っ当な願いを抱ける方が他にいらっしゃればいい……という事ですか？」

「えぇまぁ、そういう事になるけれど」

エレノアによって改めて並べられた条件に、失笑する。

これらすべてを満たす令嬢だなんて、流石に高望みが過ぎるというもの――って、あ。

ある令嬢がふと、脳裏に思い浮かんだ。

ローラを見れば、ちょうど彼女も何かいい案を思いついたような目を向けてきている。

直感的に、「あ、今多分、ローラと同じ人を思い浮かべている」と気がついた。

「あの子なら、実力はもちろん、殿下への想いも申し分無さそう」

「えぇ。彼女なら、いざとなったらピシャリと殿下に物を言えそうですし」

「家柄も許容範囲内だし、知性や品性もなんら問題ない」

「真っ当でひたむきな考えの持ち主ですから、きっと国のための正しい願いを抱くこともできるでしょう」

通じ合った私たちの掛け合いに、一人だけ話についていけていないエレノアが「えっ、一体どなたの事ですか？　どなたの事ですかっ⁉」と身を乗りだして聞いてくる。

が、今は彼女の事よりも。

「ローラ様、一つ相談があるのですが」

「えぇ構いません。私が退（しりぞ）いたせいで国が滅びを迎（むか）えるとなれば、私も寝覚（ねざ）めが悪いですから」

どちらからともなく握手（あくしゅ）を交（か）わし、ここに協定が結ばれる。

そこにエレノアが、ニョキッと間に割って入りこう叫（さけ）んだ。

「私も！　私も仲間に入れてくださいぃぃー！」

こうしてただのお茶会は、突如（とつじょ）としてほんの小さな企ての場へと様変わりを果たしたのだった。

幕間　ヒマワリの夢

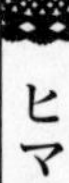

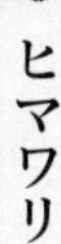

ちいさな手で、地面に落ちているどんぐりを拾う。

まるで己の存在を主張するようなこの大きなどんぐりがルドガー、シュッと細くてきれいな形の、ひかえ目な印象のこっちはローラで、何の変哲もない普通サイズのやつがわたし。

そう決めて、三つにぎって立ち上がった。

サァッと風が吹きぬけて、草木をサワサワとゆらした。

めいっぱいの緑に、コスモスにバラ、キキョウにダリア。色とりどりの花だんの向こうにはトピアリーの迷路もあって、ここで遊ぶのはとても楽しい。

王城庭園は、わたしたちのお気に入りだ。駆けまわり、花を愛で、怒ったり笑ったり呆れたり。今日はとくに天気がいいから、外遊びもきもちがいい。

そうだ。見つけたどんぐり、はやく二人に見せなくちゃ。そう思ってきびすを返す。

しかし一歩二歩と進んだところで、あたまの上から「シシリー！」と声をかけられた。

聞きなれた男の子の声に、上を見てため息を吐いた。

べつに緑の草木の中にオレンジ色の派手な服が目立っていたからとかではない。頭の上に葉っぱをのせた彼が、太い木のえだの上から嬉しそうに手をふってきていたからである。

「また木のぼりなんてして」

もう八歳なのにやんちゃが過ぎる、と目を細めた。

とてもじゃないが、王太子らしくない振る舞いだ。が、その前に。

「もう殿下、あぶないから今すぐおりて」

「でも、ここからの方がとおくまでよく見えて――」

「おりなさい！」

「……はい」

こしに手を当てて怒ってみせれば、けんまくに負けたルドガーが「ちぇーっ」と口をとがらせた。

木からピョンと飛び下りて、こちらに向かって走ってくる。「よろしい」と頷けば、一体何を思ったのか。殿下の手がわたしの手首をつかまえてきた。

グイッと乱暴に引っぱってくるので、思わず前につんのめる。転びそうになった抗議をこめて「ちょっと、何なの？」と尋ねれば、ニッと笑った彼がとても機嫌よさそうに「いこう！」とわたしを誘ってきた。

「どこへ？」

「あっち！」

「『あっち』って……」

まったく答えになっていない。

殿下はいつもこうなのだ。あまりに欲求に素直すぎて、よく人のことを引きずりまわす。

おかげでいつも、わたしが叱らなければならない。とってもとっても大変だ。

それでも結局「もー」と言いながら彼におつきあいをしてあげるのは、これがわたしの役割だからだ。

幸いにも、連れまわされて歩いたところで見える景色の美しさに変わりはない。

今の時季はとくに、色々な花が咲いている。

あっちの花はつぼみが付いてる。あ、こっちのは咲いたのね。ちいさな発見を積みかさね、だんだんウキウキとしてきた。

「あ、ローラ！」

花だんの間にしゃがんでいる空色の髪の子を見つけて、ルドガーが彼女の名を呼んだ。

まだすこし遠くにいるわたしたちを見つけて、彼女がコテンと小首をかしげる。

「あらお二人とも、どちらに？」

「それが、よく分からなくって」

「分からない？」

「殿下ったら、いつも口より先に体が動くから」

一瞬キョトンとしたローラが、わたしの言葉に「ふふふっ」と笑う。

「殿下らしいですね」

「もうちょっと落ちついてくれればいいのに」

「殿下にそれを求めるのですか……？」

表情や語尾がまちがいなく「それはちょっと無理なのでは？」と言っていた。今度はわたしが笑う番だ。一方ルドガーは頬をプクゥッと膨らませる。

「おいお前ら、二人しておれの悪口をいうな！」

ローラの目の前で地団駄をふんだ彼に、わたしたちは顔を見合わせた。

「ただしい評価だとおもうけど」

「ふふふふふっ」

思ったことをそのままスパンと口にしたわたしに、ローラがまた楽しげに笑う。

これが同調の意なのは言うまでもない。ルドガーが口をとがらせた。

「お前らホント、仲いいよな。せっかくお前らに、いいものを見せてやろうと思ったのになぁー」

「いいもの？」

「何でしょう？」

心当たりはまったく無い。

揃って小首をかしげると、彼はどうやらそれだけで機嫌を直したようだった。やっと出番が来たと言わんばかりに、ふふんと得意げに胸をはる。

「さっき上から見えたんだ。花が満開になってるところ！　だからついてこい！」

言葉といっしょに再びグンッと手を引っぱられて、あわててローラの手をにぎる。どうにか道づれを手にいれて、ルドガーを先頭にした数珠つなぎでの行進だ。

花だんの間を進んだ彼は、迷いなくトピアリーの迷路の中へと入っていく。

「ちょっと殿下！　また出口がわからなくなって、みんなで叫んでたすけを求めるの、わたしはもう嫌よ！」

「きょうは大丈夫。ちゃんと上から確認したから！」

わたしの抗議に振り向いた彼が、得意げに「ここを通るのが近道なんだ」と言った。そのまま気にせずズンズンと先に進んでいく彼に、ちょっと呆れる。

……はぁ、もういいや。どうせもう、いっぱい曲がって道も分からない。いざとなったらまた叫ぼう。

ひそかに諦め、腹をくくった。しかし今日は、どうやら運がいい日だったらしい。

「ほら見ろ！」

ちいさな手でさした指の先には、迷路の出口が見えていた。

見えた景色に、目を丸くする。

「なるほど、たしかに満開ね」

彼の言った通りだった。

青々とした緑と、目が覚めるような黄色。わたしなんかよりもずっとずっと背が高く、わたしの顔なんかよりも、ずっとずっと大きそうな葉っぱを持った大輪の花々が、道の両側にきれいに並び、咲きほこっていた。

大きな茶色のまん中を縁どるようにグルッと囲む黄色の花びらのこの花を、前に一度だけ見たことがある。

名前は……そう、たしか『ヒマワリ』だ。

ただ太陽だけを見つめて咲く姿は、とてもひたむきで美しい。

ローラとつないでいた手に少し力がこもった。

隣を見れば、ローラの目が花に釘づけだ。どうやらかなり気に入ったらしい。

一方私はというと、この花を「きれいだ」と思うよりも先に別の感想が頭をよぎってしまったせいで、どうにも情緒に欠けてしまう。

「殿下がいかにも好きそうな花ね……」

「あぁ好きだぞ！　ハデなところが！」

胸をはって答えた彼に、やっぱりそこかと笑ってしまう。

彼の行動の理由なんて、たいてい単純なものなのだ。特に彼の好きの基準なんて、ハデか、でかいか、目立つかなのだから簡単である。

「殿下って、けっこうお花、お好きですよね」

「あぁ。時間にかぎりがある、きれいさと懸命さも好きだ！」

「これで意外とロマンチストでもあるのよね」

「『意外』ってなんだ、悪口かっ」

わたしの言葉を拾ったルドガーが、タンッと足を一歩前にふみだしながら言ってくる。

しかたがなく「ちがうわ、ちゃんとほめ言葉」と答えれば、彼はコロッと表情を変えて「ふぅん？　そっか、ならまぁいいか！」とすぐに機嫌がよくなった。

自分で言っておいて何だけど、ちょっと単純すぎるのではない？　すこし将来が不安になったが、次の瞬間にはそんな不安も、空の彼方へと飛んでいった。

彼の後ろ、庭に面する外通路に見つけたのだ。

スラッと高い背丈に、低い位置で束ねられた灰色の髪。間違いない、あの人を。

考えるよりも先に、ローラとつないでいた手を離していた。ついでに邪魔な殿下の手をブンッとつよく振り払う。殿下が「わっ」と驚いたが、置き去りにして走りだす。

後ろでちょっと呆れたような納得したような「アイツを見つけると、いつもこれだ。あいうところ、ちょっとヒマワリに似てるよな」という声が聞こえたけれど、今はかまっている暇はない。

「ゼナードお兄さまっ！」

おおきく息をはずませながら呼び止めた。振りかえった文官服の彼に、やはりそうだったと嬉しくなる。

十九か二十ほどの年の青年が、よそ行きの顔で声の主を捜した。しかし私を見つけると、切れ長の瞳がふわりと緩む。

「シシリー。今日はどうしたんだい？」

「殿下のお守でよびだされて」

両手を広げて駆けこめば、いやな顔一つせずに受けとめてくれた。

お腹のあたりに頰をうずめると、ふわりと漂うミントの香り。あぁ、いつもの優しいお兄さまだ。嬉しくなってエヘヘッと笑う。

「じゃあ置き去りにしてきちゃダメだろう？」

「大丈夫、ほんのちょっとだけだから」

困ったように笑う彼に猶予をねだりながら、ゆっくりと体を離す。仕方がないなと言いながら優しく頭をなでてくれる彼の、大きな手のひらが気持ちいい。

「それでゼナードお兄さま、今回はいつ、もどったの？」

「あぁ、つい昨日だよ。今日は陛下に仕事の報告をしにここへ」

「いつも大変ね、おつかれさま！」

「はははっ、どうもありがとう」

お母さまがお父さまにするのを真似(まね)して労(ねぎら)えば、可笑(おか)しそうに笑われた。

たぶん声がはずんでしまったからだろうけれど、お兄さまは外交官だ。外国とこの国を行ったりきたりするお仕事だから、いつでも逢(あ)えるという訳ではない。

会えるとしても大抵(たいてい)は、お父さまに会いに屋敷(やしき)にくる時。王城で逢えるだなんて、とても幸運な偶然(ぐうぜん)なのだ。それも二か月ぶりなのだから、声がはずむのは仕方がない。

でも、彼もわたしも用事があってここにいる。ここではゆっくりとお話しできない。

「ねぇゼナードお兄さま、今度はいつお家にあそびに来る……？」

逢うたびにする質問を、今日も忘れずにする。

これは、わたしと彼の次の約束。一緒(いっしょ)にお茶をして、おかしを食べて、おみやげ話を聞いたりする。ただそれだけの、他愛もない時間を約束するための言葉だ。

「三日後に顔を出す予定でいるから」

「ほんとうにっ？」

「あぁもちろん。国外から帰ってきたら、なるべく早く会いに行く。それが君との大切な約束事だからね」

わたしとの大切な約束。彼が言ったこの言葉に、心がほわんと温かくなる。

彼はとても優しい人だ。約束は必ず守ってくれるし、色々なことを知っていて、たくさん教えてくれる物知りな人。

わたしを絶対にいやな顔であしらったりしない。目を細めて笑うのが好き。仕事のお話をする時はカッコいい横顔で、お父さまとお話しする時はちょっと大人の顔になる。

世界でいちばん大好きな——。

「おーい、シシリー！」

せっかくの彼との限りある時間を、邪魔するなんて。

反射的にイラッとして振り返れば、ルドガーがおおきく手招きをしている。

げんなりしながらため息を吐く。

優しいお兄さまの事だ、きっと「そろそろ行った方が良いんじゃないかい？　殿下をお待たせしてはいけないよ」と言うだろう。

本当は嫌だとごねたいけれど、首を横に振って『シシリーは役目を途中で投げ出すダメな子だ』とは思われたくない。

しかたがない。今日のところは別れを告げて、三日後を楽しみにしていよう。

そう決めてお兄さまの方を振り返り、思わず「えっ」と声を上げた。

「あれっ？　ゼナードお兄さま？」

いない。どこにも。

こんなに見通しの良い場所なのに、彼の姿がどこにも見えない。それどころか、気が付けば庭園内の景色さえ消えていて。

「おーい、シシリー！」

振り返る。向こうから片手を上げて、走って来る少年が一人いる。

いい笑みを浮かべながら嬉しげに走って来る彼の、背が少しずつ伸びていく。

「シシリー！」

顔立ちも、大人のものに変化していく。

「シシリー!!」

呼ばれた名前は、可愛らしかった頃の面影を無くした、声変わり後の低い声だった。

手を振る彼は、もうすっかりと大人だ。それなのに、成長するにつれて見せる事も無くなったピュアな笑みを、満面に浮かべながら距離を詰めてきて――。

ちょっと、こわいこわいこわいこわいっ！

「っは！」

ガバリと机から顔を上げれば、肩に掛けられていた毛布がパサリと床の上に落ちた。

窓から射し込む陽光と耳を撫でる小鳥のさえずりが「もう朝だよ」と告げている。

いつの間にか机に突っ伏して眠っていたらしい。夢だと分かって、ホッと胸を撫でおろす。

机上には、分厚い本とノートが開きっぱなしになっていた。書きかけの文章が不自然に途切れているのは、きっとそこが私の眠気の限界だったからだろう。

「それにしてもひどい夢だった……」

途中までは、せっかく良い夢だったのに。とても損した気分になって、頭を支えるように額を押さえ、ため息交じりに呟いた。

それにしても、何故今さらあんな昔の夢を見たのか。なんだか嫌な予感がした。

ただの予感だ、なんの確信も無いし、できれば当たってほしくもない。

しかしこういう時の勘は、残念ながら当たるものである。

第二章　浅慮な殿下を矯正するため、素敵な妃を立てましょう

社交シーズンともなれば、公爵令嬢の私には様々な誘いの声が掛かる。

色々な趣旨や顔ぶれで催されるパーティーのどれに参加するのかは、おおよそ個人の裁量だ。

今回の選定基準は、学友の家が主催するパーティーだから。あらかじめ出席者名簿を確認した結果、必要以上に気負わなくても済むパーティーになりそうだった。

実際に、滑り出しは好調だった。

たしかに先日のルドガーとローラの婚約破棄騒動や、エレノアへのモルドの求婚騒動への関心が高いせいで色々と興味は向けられたが、その程度の事は想定済みだ。

「例の婚約破棄騒動、実はシシリー様とローラ様が協力なさって殿下をやり込めたという噂が立っているらしいですけれど」

「まさかそんな。少なくとも私に殿下を追い詰めるメリットは全くありませんもの」

「敵対派閥のローラ様を王太子の婚約者の座から追い立てるための策略だった、などという不届きな事を言っている者もいるらしいですわよ」

「困りましたね。そのような労力をさいて手に入れるほど『王太子の婚約者』という地位は、私には魅力的ではないのですけれど」

向けられる好奇と探りを、やんわりと否定し回避する。

ふと窓の外に目を向けると、来た頃にはまだ朱色だった空がすっかり暗くなっていた。

いくら『利を得るためのかけ引き』を楽しめるタイプの私でも、流石にここまでぶっ通しとなれば段々と疲れだって出てくる。

できればそろそろ休憩を取りたい。それでも中々実際の行動に移せないのは、先程からずっと刺さり続けている、とある視線のせいだった。

社交界では今ちょうど、婚約破棄騒動に関する私の黒幕説と、私の王太子妃の座略奪説が実しやかに囁かれている。こんな状況で彼には公の場で絡んで来てほしくない。

だから敢えてこの視線にも気が付かないふりをしているし、一人になったら間違いなく狙い撃ちされるだろうからと、こうして休みなく人の輪の中にいる羽目になっている。

段々と「そもそも何故、名簿に名前の無かった人間が、こんな所に現れるのか」と、悪態をついてやりたくさえなってきた。

しかしそんなこちらの気持ちに、彼は配慮してくれない。

「グランシェーズ公爵令嬢」

しびれを切らした彼の声に、私は内心でため息を吐いた。

「何でしょうか、ルドガー王太子殿下」

笑顔を張り付けて振り返れば、朱色地の派手な服を着た男が、居心地悪そうに立っていた。

まぁ、居心地は悪いでしょうね。先日の一件で評判は落ち、周りからは腫れもの扱いだもの。

いつもはその目立つ服のお陰ですぐにコネを求める貴族たちに囲まれるのに、今日はむしろ逆効果。さぞ戸惑っている事だろう。

だからなのか、私が返事をした事に彼はホッとした様だった。しかしそれも一瞬の事、両の拳をグッと握り、勇気を出したように告げてくる。

「少し話がしたいのだが」

言いながら、彼の視線が会場の出口へと流れた。どうやら「場所を変えよう」と言いたいらしい。

話しかけられてしまった以上、私だっていつまでもこんな所で周りの好奇の視線に晒され続けたくはない。どうせ話さねばならないのなら、裏でというのは都合がいい。

しかし「はい分かりました」と二つ返事で受けるのも憚られた。

理由は簡単、彼の腕にぶら下がっているもののせいである。

「同伴の方がお嫌そうです。そちらを優先なさっては？」

正直言って、ルドガーの腕にあまり上品とは言えない密着度で絡みついている彼女——

レイに睨まれたところで、大して脅威は感じない。

どぎついピンクのドレスに、気合いの入った濃いメイク。跳ね上がった眉とつり上がった目が見るからに気が強そうだが、ただそれだけでしかない。

権力がある訳でも社交力がある訳でもない、単に彼女の派手な見た目が派手な服を好むルドガーとはお似合いかもしれない、というだけである。彼女に負ける気はしないが、要らぬ嫉妬を買うのは面倒だ。

せめて彼女をちゃんと説得し、納得させてからもう一度来て。暗にそう促したつもりだったのだが、残念ながら浅慮で短気な彼には届かない。

「大丈夫。レイにはちゃんと話しているから」

え、本当に？　ちゃんと話していて、その態度？

もう一度彼女に目をやれば、フンッと鼻を鳴らしながらそっぽを向かれた。どうやら「不服ではあるけれど、ルドガーが言うから許容してあげる」という事らしい。

あんたねぇ、結局許すんなら、せめて外面くらいは取り繕いなさいよ。

つい口を衝いて出そうになった呆れをギリギリで呑み込んで、仕方が無しに彼の招きに応じる。

「分かりました、行きましょう」

せめてとっとと済ませよう。そちらに感情の舵を切って、とりあえず会場の外に出た。

ルドガーに案内された『内緒話』の会場は、月明かりに照らされた夜の庭園だった。綺麗に手を加えられた花壇や草木、トピアリーの迷路らしきものもある。どことなく既視感を抱かせるのは、とある場所を模して造っているからだろう。

「懐かしいだろう、昔はよくあそこで三人で遊んだ」

過去を偲ぶような顔で言った彼は、きっと今私と同じ場所を思い浮かべているに違いない。

王国自慢の王城庭園。ミニチュアサイズではあるものの、私の目から見てもこの場所は上手く造っていると思う。

「主催者に俺たちだけ入る許可を貰ったんだ」

「そうでしょうね。元々開放しているのなら、きちんと光源を用意するでしょうから」

数本のろうそくに火が入れられていること以外は、人を招く準備が出来ていない庭園だ。きっとルドガーからの突然のゴリ押しを、突っぱねられなかったのだろう。主催者の心労が偲ばれる。

あとでちゃんとお詫びと共に「殿下が『王城庭園と似ている』と褒めていた」とでも伝えておこう。以前「母が王城庭園に感銘を受けて庭を造り替えた」とこの家の令嬢が言っていたから、伝えればきっと喜んでくれる。

この辺の配慮は今まではローラがしていたのだろうし、レイには思い至れないだろう。今回だけだ。今回だけ、仕方がなく尻拭いをしておいてやろう。私もお邪魔してしまったし。

そう決めて、改めて目の前の男によそ行きの笑みを向ける。

「それにしても驚きました。まさか二か月の謹慎明け早々に、この伯爵家主催のパーティーでお会いする事になるなんて」

「べ、別に、珍しい事でもないだろう」

「自分で言っていて気付いているでしょう？　流石に無理のあるごまかし方だなと」

彼は普段から、侯爵家以上の主催パーティーにしか顔を出さない人なのだ。少なくとも私が知る限りでは、彼がそのルールを破ったのは今日が初めてである。

彼の目の泳ぎ方からすると、私の記憶はおそらく間違っていない。

「何故今日貴方がここに来たのか、当てましょうか？　その御令嬢のせいでしょう？」

目を細め、挑発するように尋ねた。

そもそも婚約者不在のこの時期、しかも謹慎明けの今、騒動の原因となった令嬢――婚約者でも何でもないただの子爵令嬢を伴い公の場に姿を見せる事が、どれだけ浅慮な行いか。

周りはきっと彼を見て「反省の色なし」と思っただろう。

だから何だと言われれば、私には直接関係のない事なのだから別にどうでもいいのだけれど、あんな場所で声をかけてきた彼に、このくらいは意趣返しをしてもおそらくバチは当たらない。

ルドガーもそれは承知の上だ。だから必要以上に反抗せずに、甘んじて嫌味を受け止めている。

だからこれで、この件は終わる筈だった。彼女が見当違いな声を挟まなければ。

「ちょっとぉ、シシリーさん⁉　いくら公爵令嬢でも、殿下に対してその言い方は失礼なんじゃありませんかぁ⁉」

両手を腰に当て頰をぷくぅっと膨らませ、わざとらしく「怒っています」という主張をしてくる彼女に、反射的に「はぁ？」と言い返しそうになった。

口のきき方が失礼？　色々諸々こちらのセリフだ。

この子、バカなのかしら。それとも自分だけは例外だと思っている？

もし殿下の寵愛を受けているという自負が彼女の気を大きくさせているのだとしたら、それは完全なる驕りだ。

「ねぇ殿下、貴方が自ら骨を折る価値が、彼女にあると本当にお思い？」

「殿下ぁ、何かよく分からないですけど、シシリーさんがひどい事を言ってきますぅー」

甘ったるい声で、レイはルドガーに助けを求める。

正直言って、話の邪魔だ。よく分からないのなら、黙っていてほしい。

段々辟易とし始めた所で、レイを擁護するかのようにルドガーが言葉を差し込んでくる。

「だって可哀想じゃないか、レイが誰かに虐められたら」

「自業自得でしょう？　誰もが待ち望んでいた未来を、殿下を誑かして台無しにしたのだから。周りの反発は真っ当よ」

「レイとの事は、当初の予定ではまだ公にはしないつもりだったのだ。それをあのパールスタンが余計な事を口走るから」

「は？」

思わず素が、口から洩れた。

もしあの場でレイとの関係が公にならなかったら、たしかに彼女への風当たりは今ほど強くはなかっただろう。が、元はと言えば悪いのはルドガーたちの方だ。

それを何？　エレノアが余計な事を口走るから？　自分たちのしでかした事を棚に上げて、よくそんな事が言えたものだ。

「なるほど、殿下はエノに逆恨みをしていると」

意図せず声のトーンが下がった。

彼も、流石に「まずい」と思ったのか、「す、すまない」と弱気に謝ってくる。

プライドが高い彼の事だ、今までずっと恰好を付けている自分しか見せてこなかったのだろう。低姿勢な彼の様子にレイが「殿下⁉」と驚いているが、私が怒るとひょっとしたらローラよりも怖いかもしれないと知っている彼は、謝罪を撤回したりはしない。

「そもそも殿下は甘いのですよ。レイさんに対する態度はもちろん、彼女をその場しのぎでしか守れていないところが。殿下はご自分が彼女の盾になればいいと思っているのでしょうが、それでは殿下は四六時中、彼女に張り付いて生活するおつもりなのですか？　執務や公務をそっちのけにすれば、それこそ貴方自身の立場が今以上に苦しくなって、結果的に彼女を守る力さえ失う羽目になると思いますが」

　別にルドガーに肩入れしたい訳でもレイを守りたい訳でもないのだけど、あまりにも彼の言動が行き当たりばったりなものだから、どうしても説教したくなる。

が、ここでまた「シシリーさんっ！」と、意気揚々とした異議の申し立てが割り込んだ。

「またそのような言い方をしてっ！　シシリーさんって意外と礼儀が無いんですねっ」

「礼儀が無いのはどちらでしょうね」

　少なくとも、仲良くもない相手から言われるような言葉ではない。

漏らしたのは失笑、向けたのは冷ややかな目。その迫力に、彼女が小さく慄いたが気にしない。

「まず、社交場では爵位がそのまま序列になる。目上にあたる私と殿下の会話に許可もなく目下の貴女が割って入る事こそ、無礼だわ。目上の人間を『さん』付けで呼ぶのも、言葉遣いがなっていないのもそう。すべて学園の初等教育で習った筈の事ばかりよ？　少なくとも、三回生がしていいミスではない。どちらにしても、殿下ご本人が指摘なさるのならば未だしも、貴女に礼儀がどうとか言われる筋合いは無いわ」

「でも私は殿下のためにっ」

あぁ、これはかなり悪質ね。さも殿下を庇っているようで、その実、単に自分の言葉を押し通したいだけじゃない。

「少なくとも現状においては、貴女はただの『殿下の想い人』。殿下の名を笠に着る身分にはないのだけど……もう子どもではないのだから、自分の立場くらい正しく自覚したらどう？」

彼女の場合、キッパリと言わない限りずっと似たようなことを言い続けるに違いない。いい加減にうんざりして、至極真っ当な指摘をしてやる。

彼女は分かりやすく面食らった。もしかして「今まで誰も何も言い返してこなかったから、きっとこれからも大丈夫」とでも思っていたのか。だとしたら、彼女はまるで分かっていない。

「私がこれまで貴女に無干渉だったのは、私に関係のない場所で勝手にやっていたからに過ぎない。殿下がもしまだローラ様との婚約関係を続けていれば、『殿下のせいで増長している貴女を窘めるのは、殿下の婚約者であるローラ様の役目だ』と多少は配慮したと思うけれど、もう配慮すべき相手もいない。私は私の好きな時に、好きなだけ真っ向から話ができる」

　私はローラほど甘くはない。彼女ほどできた人間ではないし、社交としてならば未だしも、それ以外の理由で優しくしてあげる義理も感じない。

　レイがキッと睨みつけてくるが、だからどうしたという話だ。ジッと見つめ返し、彼女を押し黙らせる。

　すると、どうやらすぐに分の悪さを悟ったらしい。ものすごい速さの変わり身で縋りつき「殿下ぁー」とまた甘い声を出した。

「シシリーさんが酷いですぅ！　私はただ本当に殿下のために言ってるだけなのにぃ！」

　外面では「分かってくれないなんて悲しい」という態度を見せているが、実際には私を黙らせろという要求だ。

　きっと彼女は「私のお願いは聞いてくれるのが当たり前」とでも思っているのだろう。自らの勝利をまったく疑わない心が、口角の上がり具合によく表れている。

　ルドガーが、おずおずと私を見てきた。

　私に「引け」とでも言いたいのかしら。バカなの？　引くわけないでしょう。

　そもそも彼が何でも見境なく、彼女の我が儘を聞いているのが悪い。自分の日頃の怠慢は、自分自身で尻拭いをするべきだ。

腰に手を当て、彼にそっぽを向いてみせた。私が示した断固拒否の意思を彼はしぶしぶ受け取って、最愛の彼女に向き直る。

「……レイ、ちょっと落ち着いて」

「どうしてっ!?」

私が知っている彼なら百パーセント彼女を宥めると思っていたが、彼女にとっては違ったらしい。大きな声で、自分の味方になってくれなかった彼を非難し詰め寄る。

圧に負けて仰け反った彼は、目を泳がせながら「いやそれは……」と言い訳をしようとするが、おそらく言葉が出ないのだろう。強い抗議を宿したレィの目から距離を取ろうと必死である。

というか、今のこのレィの態度の方がよほど彼に失礼なのだが、彼女は気付いていないのだろうか。やっぱりちょっと思った通り、頭が残念なようである。

小さくため息を吐いた。

このまま万が一にも彼女に押し負けられては面倒だ。仕方がないので、言い訳のしやすい空気を作ってあげる。

「言っておきますが殿下、私は嫌ですよ？　公の場以外で貴方に対して完全防備の外面で接するの。だって面倒臭いですし」

「そ、それは俺だって嫌だ」

いい調子だ。このまま「だって幼馴染だし」とでも言ってくれれば説明になる——と思ったのだが、ここで彼は余計な一言を言う。

「だってなんか怖いし」

「……何か言いましたか？　殿下」

ニコリと笑って彼に問えば、ビクリと肩を大きく震わせて「イイエ何モ」と白旗を上げる。

そんな私たちのやり取りを見て、ようやく彼女も私たちの関係に疑問を持ったらしい。

「えっと、殿下……？」

怒りと困惑をない交ぜにした顔で、疑わしげに説明を求めた。

もしかして私たちの関係を勘繰っているのだろうか。だとしたら実に心外——。

「グランシェーズ公爵令嬢、いやシシリーは、俺にとってそのー……あぁそう！　兄弟みたいな！」

「殿下、私は女性です。どう転んだところで貴方の兄にはなれませんが」

失礼な。冷ややかな視線で彼を刺せば、宥めるような笑顔で振り返った彼に「も、もちろん分かっている」と言われた。

「口は災いの元、言葉の誤用には気を付けた方がいいでしょうね」

「はい」

満面の笑みで叱れば、ルドガーはシュンと背を丸める。

ルドガーとローラの婚約が決まって以降は意識的に控えてきたから、こんなやりとりも懐かしい。

が、幼馴染だった頃の私たちを知らない人間からすれば、まるで『叱る姉と叱られる弟』のような図に驚きを隠せないようだ。

レイはまず、分かりやすくショックを受けた。しかしすぐに悔しそうな顔になる。

私たちの親密さそのものに嫉妬しているというよりは、思い通りにならない現実が気にくわないといった感じだ。

私からすれば何故こんな人のご機嫌を取ろうと必死なのか、ルドガーの気持ちがまるで分からないが、惚れた弱みというやつなのか、恋に夢中で周りが見えていないのか。

一瞬呆れてしまったが、すぐに「私にはさほど関係ない事だ」と気が付いた。

もう良いわ。それよりも早く事を済ませてしまおう。

「それで？　殿下。わざわざ私を呼び出して、何のつもりなのですか？　用が無いならもう戻りますが」

帰ろうとするそぶりを見せれば、どうやら上手く引っかかってくれたらしい。レイに向いていた意識を慌ててこちらに向けた彼が、早口で用件を告げてくる。

「ま、待ってくれ！　協力を仰ぎたいのだ、お前に」

「……協力？」

「このレイを、俺の婚約者にしたい。だから手伝ってほしいんだ」

「はぁ？」

思わず間の抜けた声が出た。片眉を上げて彼を見て、言外に「本気？」と尋ねる。

私に所縁もないどころか、無礼千万で敵対心むき出しな彼女に、どうして手を貸す必要があるのか。もし私が快く「いいよ」と言うと本当に思っているのだとしたら、とんだ脳内お花畑だ。

「そのくらいご自分でどうにかなさったら？　大丈夫、ローラ様を婚約者の座から見事引きずり下ろした殿下です。簡単でしょう？」

「無理だと分かっていて言っているだろう」

どうやら一応自分の力量や周りの心証には、少なからず自覚があるらしい。

「求心力が弱まっている今、少ない手駒でこの状況を打破できる人間を俺はお前以外に知らない」

「ローラ様が居るでしょう？」

「……たしかにアイツもお前に並ぶ実力者だ、それは認める。が、アイツには頼れない」

「知りませんよ、殿下のプライドの話なんて」

苦虫を嚙み潰したような顔の彼に、わざとらしくため息をつく。

ウッと呻いて胸を押さえた彼はおそらく「一理ある」と思ったのだろうが、無駄な根性を発揮して、すぐに立ち直り食い下がる。

「しかしこれは、お前にとっても無関係ではない話だ。先日父上が言っていたからな、『現時点で次期王妃に最も近いのは、シシリー・グランシェーズだ』って」

「えー……」

嫌だ、無理だ、最悪だ。絶対になりたくなんてない。

既にこの手の話が挙がっているだろう事は予想していたが、それでも実際に言われると、やはり感情的になる。

「そ、そんなゴミを見るような目をしなくても」

よほどひどい顔になっていたのだろう。ショックを受けたような声で言われ、私はハッと我に返った。

ニッコリと表情を取り繕って、幾分か声を和らげて。

「何言っているんです、私が殿下を『ゴミ』だなんて思っている訳がないでしょう」

「そ、そうか良かっ――」

「せいぜい『お荷物』くらいですよ」

「良くないな、まったく！」

彼から激しいツッコミを貰ったが、本当の事なので仕方がない。

改めて考えてみる。

もし本当に陛下本人の口から出た言葉だというのなら、実際に打診される時も近いだろう。あの計画の実行時期を、少し早めなければならないかもしれない。

どうあっても、ルドガーの妃にはなれない。友人という事ならまだ一ミリくらいは考える余地もあるけれど、一生『浅慮』のお守は御免だし、優しく微笑むゼナードお兄様を想えば、彼の隣も外交官も諦める気には微塵もなれない。これぱっかりは、譲れない。

改めて自身の心の在処を確認していると、彼は何を思ったのか。しおらしく懺悔の念を吐き出し始める。

「先日の件はその、反省している。たとえ感情的にこじれていても、あの場でローラを晒し者にしたのは良くなかったと」

神妙な顔の彼を前にしてまず思ったのは、「どうあっても『悪かった』と言わない辺り、無駄にプライドの高い彼らしいな」という事だった。そして次に抱いたのが「そもそも何故急に反省なんて」という気持ちだ。

しかしその謎はすぐに解けた。

「……謹慎中、父上から八時間ほど正座で説教をされ、それ以降も会うたびにねちねちと言われ続けてきた。怨み節がすごいのだ、俺のせいで宰相が出て来なくなったとかで」

「あぁなるほど」

陛下の事だ、おそらく本当に怒っているのが半分、しつけ代わりがもう半分といった所なのだろう。もしかしたら情勢上、厳しい罰を与えられなかった分の埋め合わせの意味もあったのかもしれない。

決して私利私欲ゆえの無責任を許すような方ではないから、息子に厳しくする事で自分への罰とした可能性もある。

「宰相が引っ込み、カードバルク嬢も執務に関わらなくなった。現場への影響が大きく、摩擦が起きている。王族への不満が増している事も、それらがすべて俺の行いのせいだという事もちゃんと自覚した」

嘘をついている風ではない。きっと彼は彼なりに真剣に反省しているのだろう。

が、現場で起きているだろう混乱を思えば、あまりに軽い反省だ。それは、次の一言にも如実に滲んでいた。

「でも、レイの事は諦められない。愛しているんだ」

真っ直ぐに私を見据えた彼の決意のこもった吐露は、さながら悲劇のヒロインを救うが如きヒーローの雰囲気を醸し出していた。

レイが「殿下……！」と感激し、潤んだ瞳で上目遣いに見上げる。

ルドガーも彼女に向き直った。肩に手を置き、引き寄せギュッと抱きしめる。そして彼女の頬に手を——。

「せめてお二人だけの時にしてくださいません？」

「あ、すまん」

敢えて存在を主張すれば、ルドガーは慌てて手を離した。レイには不服そうに睨まれるが、見たくもないイチャつきを見ている事ほどの拷問もない。

それよりも、ルドガーの頼みをどうするか。

彼の願いを突っぱねる事それ自体は、そう難しい事ではない。

レイとルドガーの婚約はむしろ阻止したい事だし、たとえ現時点で私の名前が彼の婚約者候補にあがっていても、こちらはそれを見越した上でローラと策を練っている。彼の願いを聞く理由もない。

レイをチラリと盗み見れば、彼女はどうやらこういう展開になる事をあらかじめ知らされていたらしい。機嫌の悪さは相変わらずだが、先程までのように反発する気配は感じられない。

まぁそもそも、お願いをする立場でありながらあんな態度だったのがおかしいのだけれど。

だって普通頼み事をする時は、誰だって少なからず下手に出るものだし……って、え。ちょっと待って。もしかして、だからこそあんな態度だったの？　頭を下げてお願いしたくないから、先に優位に立っておこうと？

こんなバカな理由だったとは思いたくない。けれど、もし彼女が最初から上から命令をするつもりだったのなら、辻褄は合う。

間違っても、こんな女のために動くなんてあり得ない。それでもルドガーのお願いを聞くメリットがあるとすれば――。

「殿下、一つだけお聞きしても？」

「何だ」

「殿下はそこのレイさんを、正妃にお望みなのですか？」

「もちろんだ」

「……そうですか」

彼の目や声、表情からは、策謀の香りはしなかった。

でもその隣、優越感に満ちたレイの表情に「あぁこれは彼女にとって、思惑通りの展開なのだな」と悟る。

人知れず嘆息を漏らす。

側妃ではなく、正妃に望むと彼は言った。この感じだと、最悪私の協力が無くてもレイを正妃に据えるために何かしらの行動は起こすだろう。

子爵令嬢で、取り立てて功績を上げている訳でもないレイだ。側妃に据えるならば未だしも正妃に押し上げるとなると、かなり強引な手段に出なければ無理である。

そうなれば、今以上に周りをかき回す事は明白だ。下手をすれば私も『王太子妃候補』としてその場に引っ張り出されかねない。

とても困るし面倒だ。その上、自分がまき起こした混乱の責任も取らずに愛を叫ぶ彼の言葉には、やはり反省の実感が伴っていない。

王太子としての自覚には欠けるがルドガーは、実際に痛い目を見ないと分からないタイプだし、謹慎も解けたのだ。今後、より多くの人たちと顔を合わせていけば、得られる実感もあるのかもしれない。期待の余地はまだ残っている。と、なれば。

私が取るべき選択肢は、これで一つに絞られた。

「レイさん、手段を選ばず正妃の座を狙う貴女の姿勢、決して嫌いではないわ」

「あら、意外な事を言うのね。でも良かったわ。どうやら貴女は排除する手間が省けそう」

やはり婚約破棄騒動の立役者は、彼女で間違いないようだ。

カマかけにまんまと引っかかった彼女は、どうやらよほど都合がいい未来予想図を脳内に持っているらしい。易々と私を敵対者リストから外し、増えた駒を喜んだ。

私は、ルドガーに目を向け笑ってみせた。

「分かりました。私も殿下の婚約者擁立に、協力させていただきます」

どうせ彼らが動くのなら、手のひらの上で動いてもらった方がやりやすい。味方になると言っておけば、彼らもこちらの計画通り動いてくれる事だろう。

あからさまにホッとしたルドガーに、満足げにフンッと鼻を鳴らしたレイ。私の言葉をそっくりそのまま受け取ったらしい二人は、私の内心も思惑も、きっと予想だにしていないのだろう。

私は一人、ほくそ笑む。

ルドガーの婚約を後押しする、その言葉に嘘はない。

が、私はただの一言も、相手がレイだとは言っていない。

さて、計画の微修正と時期の前倒しを、ローラとエレノアに伝えなければ。

そして必ず、あの子をルドガーの隣に据える。

王族が主催するパーティーは、社交期間の始まりと終わりと、あと一つ。期間の中ほどに開催される比較的カジュアルなものがある。

王族たちは壇上から降り、貴族たちの歓談に自ら交ざる。他国では中々無い試みだ。参加こそ自由ではあるが、直接王族と言葉を交わす事ができる機会とあって、実際にはほぼ全ての貴族家が集う大規模な夜会となっている。

それは今年も変わらない。

ダンス用のクラシック音楽が優しく耳朶を撫でる王族主催のそのパーティーに、私ももちろん参加していた。

雑談の間をすり抜けて、休憩と飲食のためのスペースへと向かう。通りがかりのメイドからグラスを受け取り喉を潤して、小さく「ふぅ」と息をついた。

会場内では貴族同士の交流が活発にされている。いつも通りの平和な社交場だ。しかしそれは、もしかしたら今だけの事かもしれない。

「嵐の前の静けさですね」

隣にスッと寄り添ってきた影が、含み笑いを思わせる声で言った。視線をそちらに流してみると、淡い空色の髪の美女がいる。

夜空のような紺色に、星を思わせる装飾をちりばめたマーメイドドレスがよく似合う。

「全ては国のため、そして私の夢のためだもの。少々の嵐には目を瞑ってもらうしかない」

シレッとした態度で答えると、美女・ローラが「まぁ」と口元に手をやって、クスクスと可愛らしく笑った。

その仕草一つで、周りの殿方たちが色めき立つ。何とも罪作りな人だ。

「人気者も辛いわね、ローラ様」

「皆、私や我が家の名を欲しているだけですよ」

たしかにローラの言う通り、彼女は上辺をさらっただけでも、宰相の娘で公爵令嬢。文武両道、礼儀作法も完璧な『淑女の鑑』で、慈愛に満ちた『聖女様』と、殿方を釣るエサには事欠かない。が、彼女は何もそれだけでこんなにも周りの目を集めている訳ではないと、私は思う。

最近ローラ・カードバルクは、美しさに一層の磨きがかかった。そういう話をよく聞く。実際に、彼女は殿下との婚約破棄以降、より生き生きとし始めた。立場の重圧から解放されたからか、他の心情的変化のせいか。明確な答えを知る者はいないけれど、文句なしの美しさだ。周りの目を集めるのも頷ける。

「でもシシリー様、周りの注目を集めているのは私だけではないでしょう？」

「そんな事はない……と言いたいのだけれど」

ローラの言葉に困ったように笑ったのは、私も多少なりとも周りの視線を集めている自覚があるからだ。

まぁ私の場合、付きまとうのは『先日の件の黒幕説』絡みの、色気の欠片もないものだけれど。

「先程チラリと『次はどう暗躍するのだろうか』という楽しげな会話を耳に挟みました」

「期待されても困るわね。私はただ周りがいかに円滑に回るかを、日々真面目に考えているだけなのに」

そんな私を捕まえて『黒幕』呼ばわりだなんて酷い。これじゃまるで、私が日常的に黒い考えを巡らせているみたいじゃないの。

「もういっその事諦めてそういう事にしてしまった方が、かえって楽になるのではありません？」

「肯定すれば間違いなく、私の周りが喜び勇んで私が今までしてきた事を根掘り葉掘り論う。絶対に嫌よ、殿下の隣に祭り上げられるのなんて」

社交界には、自分たちの欲を満たすためだけに若者を持ち上げる老害が意外に多いのだ。そうじゃなくてもあしらうのが面倒だというのに、自らエサを与えて増長させるようなバカをするつもりは毛頭ない。

「なまじ殿下の隣に最も近いですから、周りも夢を見るのでしょうね。私が妃候補として殿下の婚約者になった時も、貴女の強い辞退の意志があっての決定でしたし」

「だからといって迷惑よ。あのポンコツを助ける役は、気概がある子に譲っておくわ」

そのための今日、そのための策だ。今日確実に決着を付ける。

心にそう誓った時だった。ローラが言葉を弾ませる。

「エレノアさん相手には、いつも助け船を出してあげるのに？」

「ローラ様、あの子と殿下を一緒にしないで。二人は全然違うのだから」

エレノアに対して失礼よ、と答えれば、彼女は楽しげに笑いながら更に「例えばどの辺が異なるのです？」と聞いてくる。

「エノは親友、殿下は知り合い」

「ふふふっ、他には？」

「エノは天然、殿下は浅慮」

「それは中々判定が難しいところではありません？」

「そんな事は無いわ。発言の説得力と、何よりも可愛らしさが違うもの」

エレノアの天然発言にはきちんとした理由があり、うっかりじみた可愛さもある。対するルドガーの浅慮は、発揮された瞬間に全てがアウト。弁解は全て言い訳にしかならないし、取り返しも付かずに被害も甚大。全然可愛らしくない。

「そもそも私の助けの手は、既にあの子一人で精いっぱい。他の世話をする余裕はないわ」

「やればできるかもしれませんよ？」

「やりたくないから、やっぱり無理ね」

そんな軽口をたたき合っていると、少し遠くから「あ！」という嬉しそうな声が掛けられた。噂をすれば、というやつである。

「お二人共、こんな所にいらっしゃったのですね！」

「あら、エレノアさんにドリートラスト卿」

「今日も二人一緒なの？　相変わらず仲良しね」

挨拶代わりに揶揄うと、声の主・エレノアは、頬に両手をそえながら「仲良しだなんてそんなっ！」と顔を赤らめる。

もう婚約まで済ませたというのに、相変わらず初々しい事だ。

対するモルドはというと、こちらにはかなり心境の変化があったらしい。

「僕とエレノアが仲良くない時なんて、探す方が難しいよ？」

彼はどうやら、エレノアに対する愛情を積極的に周りに晒していく事にしたらしい。

清々しくも自慢げに惚気る彼にエレノアが「ちょっ、モルド様っ！」と声を上げたが、彼にとってはそんな彼女もまたご褒美だ。楽しげに婚約者を愛でる彼と愛でられる彼女に、「はいはい、御馳走様」と手でシッシッとあしらっておく。

高らかに、場内にファンファーレが鳴り響く。

「王族の入場だ」

モルドが小さく呟いた。

会場の二階出入り口へと視線を向けると、ちょうど立派な扉が重そうにゆっくりと押し開かれていくところだった。

歓談中だった貴族たちも皆、会話を止めて目を向けていく。王族だけが出入りを許されている扉だ、入ってくるのはもちろん特定の人物である。

まず姿を見せたのは、国王陛下と王妃様だった。腕を組み悠然と入場してくる姿は、王族の威厳を感じさせる。続いて陛下の側妃の方々。最後に殿下が入ってきて、私は人知れず胸をなでおろす。

ローラが少し意外そうに「てっきりレイさんを伴って皆をざわつかせると思いましたのに」と囁いた。思わず苦笑してしまう。

「必死に説得したわよ、もう」

「あらそうなのですか？　それは残念」

弧を描きながら細められた目が「ほら、やはり助け船を出しているではありませんか」と言っているような気がしてならない。

でも仕方がないじゃない。陛下から婚約者として承認を得ていない者を連れてあの扉をくぐるだなんて、絶対に要らぬ波風を立てる結果しか齎さない。大切な策略の前に、ルドガーの株を無駄に下げる訳にはいかない。

「これでも苦労したんだから。殿下ったら最初は『あの扉は王族に連なる者しか出入りする事を許されない。だからこそ、レイを伴って会場入りする事で周囲に俺の本気を知らしめる事ができる』なんて言うのだから」

「分かっていて敢えてその選択肢を取る辺りが、つくづく殿下らしいですね」

面白半分だったローラも、どうやら私の頑張りを察してくれたらしい。眉尻を下げ、気の毒そうに私の肩に手をそえてくれる。

「あのポンコツ、つい先日『陛下の意向を蔑ろにする愚』を犯したばかりだというのに、また似たような事をしようとするなんて。もうため息しか出ないわよ」

「シシリー様の英断ですね。既に地に堕ちてしまっている彼の評判が、もう少しで更に土を掘って、二度と日の目を見なくなってしまうところでした」

「えぇ、本当に」

何度説明しても歯切れが悪く、不服そうだった彼を思い出す。

結局最後には「もし強行したら、協力の話は全て無かった事にさせていただきますから」と突っぱねたのだが、どうやら無事に効いたらしい。

王族が入場と簡単な全体挨拶を終え、会場が再び歓談の空気に包まれた。私たちも他愛のない話に花を咲かせていると、また「シシリー様」と名を呼ばれた。

振り返り、ニコリと微笑む。

胸元に大きな赤いバラをあしらった、赤いドレスの令嬢が居た。

綺麗に揃った前髪から覗く吊り目が彼女の性格をきつそうに見せるが、それが実際の彼女とは乖離した印象である事を、彼女に近しい者は皆知っている。

リンドーラ・レインドルフ侯爵令嬢。彼女こそが、今日の私たちの計画のカギを握る人物だ。

「リンドーラさん、体調はいかが？」

「大丈夫ですわ、少し緊張はしていますが」

いつもより大分硬い表情で律儀に実情を語るさまは、何とも真面目な彼女らしい。

緊張するのは当たり前だ。だって今日という日は、私だけではない、彼女にとっても運命の日となるだろうから。

「大丈夫よ。私とローラ様がついているのだし」

「は、はい。頑張りますわ」

頷いた彼女が私には、先程よりも一層の重圧を背負ってしまったように見えた。

これはあまり励まさない方が、彼女のためかもしれないわね。

そう内心で思ったところで、後ろで人の気配を感じた。ゆっくりと振り返れば案の定、腕に『余分』を絡ませた派手な男が立っている。

「あら殿下。ローラ様に怖気づいて、てっきり時間ギリギリまで寄ってこないのではないかと思っていたのに」

本当は、まだもう少し大人しくしていてほしかった。

そうでなくてもリンドーラは今、心に余裕があるとは言えない。ここに更に追い打ちをかけるような真似はできればしたくない——のだが。

「そ、それにしてもこの場にレインドルフ嬢が交ざっているとは、中々に珍しいんじゃないのか？」

私の嫌味から逃れるために、あろう事か彼はこの場に一つだけあった珍しい顔に話しかけた。

しかしこれは彼女にとってだけではなく、彼にとっても悪手だった。

彼は忘れていたのである、リンドーラが何故か自分にだけはかなりの塩対応である事を。

「私がここに居るのがお気に召しませんか、殿下」

片眉をピクリと上げた彼女は、全身から殺気じみた何かを醸し出す。

私には「おそらく極度の緊張と彼の腕に絡みついている『余分』のせいで、いつも以上の塩対応になってしまっているのだろうな」とすぐに分かったが、彼には分からないだろう。

「そんな事は言っていない」

どうやら喧嘩を売られたと思ったらしいルドガーは、分かりやすくムッとした。

「そうですか」

「そうだ」

二人の間に険悪な沈黙の時が流れる。

リンドーラの心中を察すると、少し可哀想になってくる。

きっと彼女は、今頃泣きたいような気持ちになっているだろう。いつも彼に対してだけ塩対応になってしまう事を、彼女はずっと気にしているから。

その辺の乙女心を少しでもルドガーが慮れれば良かったのだが、彼には期待するだけ無駄だ。

一方独占欲を丸出しにしてルドガーの腕に絡みついている『余分』は、先程からずっと静かにはしているものの、ひどい仏頂面をしていた。

殿下が他の令嬢と話しているのが気にくわないのか、それとも殿下と一緒に入場できなかった事が気にくわないのか。もしかしたら、これから私の手を借りる事が気にくわないのかもしれない。彼女――レイなら、どれが理由でもしっくりと来る。

が、だからこそどうにも腑に落ちない。すぐにでも周りに牽制の言葉を吐きそうなものなのに、今日はまだ一度も口を開いていない。

一体どうして……と思ったが、彼女の胸元を見て思わず「あぁ」と納得した。

殿下にモノで釣られたのだろう。

彼女の胸元で輝く大きな宝石の付いたネックレスは、どう見てもクリノア子爵家が買えるような値段のものではない。おそらくレイが上手くねだって、ルドガーに贈らせたのだろう。彼女のためにイソイソとネックレスを用意するルドガーの様子が、目に浮かぶ。

大人しくしてくれるのは良い事だけれど、やはりルドガーとレイを一緒に居させるのは良くないわ。この調子では、いずれ国庫を食い潰される未来が見える。

改めて計画の正当性を胸に抱きつつ、ローラとアイコンタクトを取る。

彼女は、微笑交じりに頷いた。リンドーラを見てみればギュッと胸元のバラを押さえて深呼吸している。エレノアは——あぁいつも通りね。リンドーラとは対照的に、まるで緊張感が無い。でもまぁこちらは、モルドがついているしきっと大丈夫でしょう。

「殿下。細工は流々、失敗はさせません。ですからどうか何が起きても動揺せずに、最後まで成り行きを見守る事に徹してください。殿下のその余裕こそが、貴方と貴方を愛する方の未来を守る事にもなります」

「わ、分かっている」

最後にルドガーに釘を刺して、改めて辺りを見回した。

私とローラの予想が正しければ、十中八九、あの方も私たちを捜している。

殿下がこうして王族席から会場に下りてきたのだから、おそらくあの方もすでに下りてきている筈。私たちの姿を見つければ、きっと自らこちらに来てくださる。

——あぁ、いらっしゃったわ。

貴族たちが大勢集まる一角の中心に、国王陛下の姿を見つけた。

後ろに撫でつけた金髪に立派な髭を蓄えた彼は、内政手腕もさる事ながら、威厳と親しみやすさを内包した稀有な人だ。

今日も人の良い笑みを浮かべて、一人一人丁寧に対応している。彼が貴族たちに囲まれるのは最早必定で、お陰でカメの歩みではあるが、それも仕方が無いなと思わせるだけの力を持っている。

少なくともここまですんなりと来られてしまったルドガーの人望とは雲泥の差よね、などと考えながらジッと彼を見つめる。

淑女たるもの、声を上げて陛下を呼ぶ無礼を働くわけにはいかない。幸いにもこちらには、目を引くローラと派手な殿下と、イチャイチャワイワイとしているエレノアとモルドが居る。

それなりには目立つ筈だから、捜してくれればすぐに見つけてもらえるだろう。

私の予想はそれほど時間を要せずに当たってくれた。

陛下とパチッと目が合った後、彼が貴族たちに一言「すまぬ」と断りを入れた。

人垣が割れる。通路ができ彼が歩みを進めれば、こちらの面々も自ずと彼の来訪に気が付いた。

心の中で、小さく自分に「始まるわよ」と活を入れる。

すると、一体何を思ったのか。ここまでずっと黙っていたレイが、勝ち誇ったような声をローラに向けた。

「殿下が誰を選ぶかは、殿下自身が決める事。どうか恨まないでくださいね？」

口から洩れそうになった「はぁ？」という声を、すんでのところで押しとどめる。

そもそも『殿下の最愛』という立ち位置を、ローラをねじ伏せる材料にできると思っている事が見当違いだ。しかしまぁ自分が選ばれるとここまで信じて疑わないのは、ある意味才能かもしれない。

「えぇもちろん。誰が殿下の隣に立つかは、殿下自身がお決めになるでしょう」

「ふんっ、そうやって余裕でいられるのも今のうちなんだから！」

ローラの言葉を宣戦布告だと思ったレイは、ルドガーの腕をギュッと抱え込みながら啖呵を切った。

もしかしたら彼女の頭の中では既に、王妃の座に座って好き勝手するというハッピーエンドが約束されているのかもしれない。

「おぉ、おあつらえ向きに揃っているな」

「父上」

無理なく声の聞こえる距離まで来た陛下に、ルドガーが小さく声を上げた。最敬礼を取ろうとしたところで、鷹揚に手を上げ「堅苦しい挨拶はいい」と言われる。

顔を上げ改めて陛下のご尊顔を拝すると、彼は一度私たちをグルリと見回した後に少し驚いたような、困ったような顔になった。

「私にとってはこれ以上に無い都合の良さだが……どういう風の吹き回しなのだ？　この面子は」

言いたい事はよく分かる。

なんせここには、先日の婚約破棄騒動を引き起こした殿下と被害者のローラ。原因の一端になったレイに、殿下を無自覚に迎撃したエレノア。一連の騒ぎを踏み台にガッチリと幸せを手に入れたモルドに、黒幕と目される私。間違いなく因縁があるだろう面子が、一堂に会しているのである。これを偶然と思うには無理がある。が、今ここで理由を素直に話せるわけがない。

問いかけた彼が、まっすぐ私に目を向けている理由が若干気になる。けれど、聞かれて答えないのも失礼だ。暗に指名されていると受け取って、皆を代表して口を開く。

「たまたまです」

「たまたま？」

「はい、たまたまです」

ニコリと笑って押し通せば、少し考えるそぶりを見せた後、陛下は「ふむそうか、たまにはそういう事もあろうな」と頷いてくれた。

楽しげな瞳を見る限り何か感づかれているような気もするが、これも想定の範囲内の事だ。追及されないのをいい事に、そういう事で通しておこう。

「して、ローラよ」

「はい陛下」

陛下の優しげな瞳がローラを映した。

名を呼ばれたローラは、背筋を伸ばし佇まいを正す。

「ルドガーと時間を共にしているという事は、もしかして仲直りをしたのかな？」

言葉尻に若干の期待を孕んだ問いだった。しかしローラは首を横に振る。

「それはあり得ません、陛下。仮に社交上のお付き合いがあったとしても、それ以上になる事は今後も決して無いでしょう」

きっと「とりつく島もない」とはこういう事を言うのだろう。柔らかい口調、綺麗な笑顔で見事に瞬殺してみせる。

残念そうに陛下が笑った。

ダメージが少なそうに見えるのは、おそらく本気で期待が叶うとは最初から思っていなかったからだろう。

「お主たちが元の鞘に戻ってくれれば、それが一番良かったのだがな」

「申し訳ありません、陛下」

「いや構わん。そもそも悪いのはルドガーだ」

二人の間で、穏やかな大人の会話が為される。しかしその脇では実に子どもっぽい面倒事が起きていた。

ローラを見るルドガーが、不服顔になっている。

彼にも復縁の意思はない筈だから、表情の意味なんて単に『自分で言うのはいいけれど相手に言われると腹が立つ』というだけの事だろう。

しかしそう受け取らない人間も居た。

短気を起こすと途端に視野が狭まる彼は、まったく気が付いていない。ローラに未練があるんじゃないでしょうね、と苛立ちを見せる隣の令嬢の存在に。

まぁ別に彼の短気が彼自身に跳ね返ってきているだけだから、私の知った事ではない。静観しようと決めたところで、陛下がまたローラに問う。

「宰相は元気にしておるか」

「はい。国営業務に手間を取られて疎かになっていた領地経営の穴を大小潰しておりますので、今後の税収推移が楽しみです」

「そうか。本年度末の良い報告を楽しみにしつつ、何よりも復帰を心待ちにしておると本人には伝えてくれ」

「承りました」

流石は陛下ね、と思う。

周りの目があるこの場所でローラに復縁の打診をし、無理強いをせずに彼女の意に添う形で引き下がる。宰相の意思を尊重しつつも、復帰を促す。

これらは全て、方々にあの婚約破棄が自分の意向ではなかった事と、王族がカードバルク公爵家へと向ける配慮・働きかけを自然と周りへと知らしめるいい手だ。

改めて陛下の見事な社交手腕に尊敬の念を抱きながら頷くと、ちょうど彼とまっすぐ目が合う。

「ローラが降りたとなると、次に白羽の矢が立つのは君になるが」

彼が暗に「誰でも良いわけではない。私は君を買っているのだ」と言ってくれているのが伝わる。

私を買ってくれるのは光栄だ。けれど、たとえ尊敬する人からの言葉であっても私の心は動かない。

「私は私のやり方で、この国に貢献したいと思っております」

遠回しだが、明確に辞退の意を申し出た。「まぁ分かっていたがなぁ……」と残念そうに微笑んだ彼は、どうやらこれ以上追求するつもりはないらしい。

「しかし、ならばどうするか……」

おもむろに顎に手を当てて悩むそぶりを見せた後、彼はチラリと私を見てくる。

悪戯心というのだろうか、陛下があからさまに「今が仕掛け時だぞ?」と煽ってきている。

たしかに今がちょうど仕掛け時だ。ではそろそろ始めようか、と思った時だった。

「陛下! ぜひとも私を殿下の婚約者にしてください!」

何を思ったのか、レイが陛下の前に躍り出た。殿下の腕に絡めていた手をパッと離した代わりに片手を胸にそえて自分を指し示し、自らを売り込みに行く。

彼女の奇行に、会場内がザワリと揺れた。彼らの動揺は私にもよく理解できる。

何しているの、この人は。最初に思ったのがソレだった。

王族相手には、許可を得なければ発言を許されない事なんて、社交界では常識中の常識だ。

実際に、ローラは陛下から名指しで話を振られ、私も目に見えて発言を求められていた。

しかしレイは、何の前振りも許可もなかった。それどころか、個として認識されているかさえ怪しい。

「私と殿下は互いに想いを通じ合わせています！　だから！」

更に言い縋ったレイは、おそらく「だから私を未来の王妃にしてください」と続けたかったのだろう。

最後まで言葉にしなかったのは、陛下の口から「ではそなたに王妃になって欲しい」と言わせたかったからだと思われるが、妃になれば国外の来賓と直に話す機会も増えるのだ。社交場での常識一つ弁えていない人間を妃に据える言質など、陛下が取らせる訳がない。

別に彼女が自ら評価を下げに行ったところで、こちらに悪い影響はない。

しかし、もしこれで陛下が機嫌を損ねてこの場から暇を告げる事になれば、計画は次回に持ち越しになってしまう。それは困る。

はぁもう、そうなって困るのは私だけではないだろうに。

ルドガーに抗議の目を向けると、顔を青くした彼が居た。

どうやら彼は彼女の奇行をきちんと奇行と認識しているらしいが、故に視野が狭くなり、私のアイコンタクトにすら気が付いていないようである。

表情からは「叱責すべきだ。でも愛する人を公衆の面前で叱責し、貶めるような事は出来ないし」という心の葛藤が見て取れる。

私は、彼女のためにも彼のためにも、言うべき事はきちんと言った方がいいと思うが、良くも悪くも情に厚い彼の性格が足を引っ張っているのだろう。

しかしまぁこれもどちらでもいい。当初の計画からは若干逸れてしまったが、勝手にレイが自滅してくれた分、多少の手間が省けたとも言える。

そもそも策略にイレギュラーはつきものだ。ここは冷静に策を修正して――。

「えっ!? レイさんって、殿下の隣に立ちたかったのですか!?」

あぁもう。この子はどうしてこうなのかしら。

当初の予定では、私がそれとなく陛下との会話を誘導して用意した妃候補をアピールし、ローラには相槌兼補完役になってもらう。エレノアには私が振った話題を膨らませる形で、陛下に妃候補の為人を知らしめるための手伝いをしてもらうつもりだった。

今回は、前回のエレノアのように、誰か一人に過度な悪意が偏るような采配はしない。バランス良く役割分担をして、安全に事を為すつもりで策を練っていたし、そう伝えていた筈だった。

だというのに、エレノアのあの言い方だ。

もしかして計画そのものを忘れちゃったの？　わざわざ自分から作戦会議に首を突っ込んだのに⁉

当初の私の「エノの洞察眼を以てすれば、探すまでもなく普段の彼女の褒めるべき箇所を挙げることができる筈。最強の布陣だわ！」という確信を、今すぐ返却してほしい。

あぁもうほら、見てみなさいよ。ものすごい形相でレイがエレノアを睨んでいる。もう完全に敵認定だ。

眉間の皺を揉み解したい気持ちをグッと堪えながら、フゥーッとゆっくり息を吐く。

……いやまぁでもまだ大丈夫よ。エレノアの事だもの、もしかしたら彼女がまた予定外の行動に出る事もあるかもしれないと思って、あらかじめ次善策も用意していたし。

ローラ様、次善策の方よ。準備は良い？

チラリと彼女に目配せすれば、すぐに首肯が返ってきた。

と、なれば、まずすべき事は。

懸念を抱きつつ確認すれば、案の定。エレノアに、またもや牙を剝きそうになっている権力者を一人見つけた。

たしかにレイの愛を疑うような事を言ったエレノアも悪いけれど、この男、ついこの前エレノアを処刑しようとして私を怒らせた事を、もう忘れてしまったのだろうか。まるで反省が活かせていない。

彼をギロリと睨みつければ、私の視線に気が付いて怯んだ後でやっとハッとした。

私が先程刺した「最後まで静観していろ」という釘を、思い出したのかもしれない。一瞬だけ何か言いたげな顔になったが、すぐにもどかしそうな顔になり、結局最後には諦めたように視線をフロアの床へと落とした。

「ひどいですっ、エレノアさん！」

レイが、悲劇のヒロインを演じてルドガーに縋りつくが、彼は彼女に味方しない。

とりあえずこの最悪のごった煮の中に、王太子の短気と浅慮を投入する事態は防げたようだ。ギリギリだが、セーフである。密かに胸を撫でおろす。

陛下もどうやら彼女に肩入れをするつもりはなさそうだ。場を静観する腹積もりのようなので、予定通りにこの場の主導権は私が握っても問題なさそうである。

頭の中で『次善策・暴走エレノア出現版』に、この際だ。『レイの独断』という想定外の要素を、より効果的に使えるように微修正もかけて、組み上げる。

このくらいの修正ならば、ローラは問題なく察して乗ってくれるだろう。

「ねぇちょっとエノ、今の言葉ではただの悪口よ？」

作戦開始ののろしを上げれば、ゆっくりじっくり三秒の後にエレノアはやっと自分の失態に思い至ったらしい。

「いえ、あの、申し訳ありません！　決してレイさんを侮辱する意図は無かったのです！　これはただ素朴に、疑問に思ったというだけで！」

「まぁそうだろうね、君の場合は」

慌てた様子の婚約者にモルドが苦笑と共に同調し、ローラが楽しげに目を細めた。

リンドーラは少し驚いているようだから、もしかしたら「あまりにも図々しいレイへの牽制としてわざと嫌味を言ったのだろう」と思っていたのかもしれない。外野の中にも似たような顔をしている人がチラホラといるようだけど、残念。本当に素でこれをやってのけてしまうのが、エレノアの通常運転だ。

一方、肝心のレイは、もちろん「じゃあ仕方がないわね」とはならない。

「悪気が無ければ許されると思っているんなら大間違いですよ!?　エレノアさん！」

声を荒らげるというよりは、プンスカという擬音が似合いそうな怒り方をしながら、彼女は頬を膨らませた。なるほど、どうやら可愛いリアクションが取れるくらいには、気持ちの余裕があるらしい。

それでも彼女は十中八九、予想だにしない事を言われた筈だ。

その上、エレノアの意図がどうであれ、今正に陛下に主張していた『殿下への愛』を否定されたも同然の状態。

爵位も、功績も、振る舞いも、何一つとして武器を持っていない彼女が、殿下の婚約者になるためにたった一つ拠り所できるものを否定されたのである。動揺していない訳がない。

だからこそ、彼女は躍起になるだろう。しかしこちらも負ける気はない。

「ねぇエノ？ 貴女が『レイさんは殿下の隣に立つつもりがないのでは』と思った理由は何かしら」

一応は陛下の御前だ。よそ行きの顔で尋ねれば、エレノアは少し言い難そうな顔でレイの方を一瞥した。

レイに睨まれているからか、少し遠慮があるようだけど大丈夫。私もローラもついている。元気づけるように微笑んで彼女の発言を促せば、彼女はグッと顎を引く。

腹をくくったようだった。こうして私とエレノアによるエレノアの脳内の謎解きが始まる。

「えーっと、その……レイさんにとって、勉学に励む理由って何ですか？」

「え、何よ突然。そんなの、いい成績を取るために決まってるでしょ？」

突然の問いに困惑顔になりながらも、レイは当たり前のことを聞くなと言いたげだ。

まっすぐ見つめて「本当ですか？」と確認してくるエレノアに一瞬たじろいだものの、すぐに「そうだって言ってるじゃない！」と半ば叫ぶように言った。

するとエレノアが「解せぬ」と言いたげに小首を傾げる。

「たしかレイさん、学園でのダンスと礼儀作法の授業は両方とも評価『可』ではなかったですっけ？」

「あぁ、それなら僕も知っているよ。けっこう有名な話だし」

モルドが言った『有名』とは、殿下の隣であれだけ威張っているくせに二教科も『可』評価があるという話が生徒間で出回っているという意味だ。

授業の評価『可』とは、各授業で与えられる成績の事だ。一番下の成績『不可』は進級が許されない、いわゆる落第点。その一つ上が『可』で、更に『良』『優』と続く。

よほどの事が無ければ『不可』を取る者はおらず、全校生徒の九割以上は初回の試験で毎回『良』以上を取るらしい。そう思えば、彼女の『可』という成績が芳しくないのは明白だ。

「入学当初からずっと『可』を取り続けているようですから、私はてっきり『レイさんは卒業資格さえ貰えればいいと思っているのだろう』と……」

困り顔のエレノアは「まさかここで認識に食い違いが起きるとは」とでも思っていそうだ。

私もてっきりレィはそちら寄りの考えを持っているのだろうと思っていたので、エレノアが困る気持ちは分かる。

が、そんな私たちの顔つきが、レィに羞恥交じりの怒りを齎した。

「この場で陛下に私の成績を暴露して『だから未来の王妃にはふさわしくない』とでも言うつもりなんですかっ!? ひどいっ! 私だって好きでできない訳じゃないのにっ!」

両手で顔を覆いワッと泣くようなそぶりを見せた彼女は、ついでにルドガーの背に隠れるようにして縋った。彼に「反論してください」と暗に促している。

陛下の御前でもあるのに良くやるなぁと、神経のずぶとさに半ば感心していると、縋られたルドガーと目が合った。

やはり、愛する人に縋られたら助けてやりたくなるのだろう。顔に「発言していいか」と書いてある。

私はゆっくりと顔を横に振って、彼に沈黙を要求した。シュンと肩を落としたのを見て、改めて「やはり釘を刺しておいて良かった」と内心でひそかに胸をなでおろす。

一方、真っ白な心の持ち主・エレノアに掛かれば、どうやら今のレィの意図的な印象操作も、ただの勘違いに聞こえたらしい。

「あぁいえ、違います。私は何も現時点の成績を指して『殿下に相応しいか否か』を論じるつもりは無いんです。だって誰しも、不得意や苦手はあるものでしょう?」

優しいなぁ、エレノア。と一瞬だけ思ったが、そういえば以前彼女が、残念な点を取った時に答案用紙に顔を埋めて「ふぐぅ……いいんです、むしろ知らない事を理解し、できない事をできるようにするための学園なのですから、これから頑張ればいいんですぅ……」と涙目で言っていた事を思い出す。

きっと、過去のダメダメな自分への擁護も混じっているのだろう。つい小さく笑ってしまった。

対するレイは、あたかも自分を擁護するような彼女の発言に少し困惑したようだ。彼女の真意を測りかねて「そ、それなら何故」と聞いてくる。

「それでも努力はできると思うのです」

「なっ、それは私に『努力が足りない』と言いたいんですかっ⁉」

訝しげな声だったレイが一変、また「ひどい、頑張ってもできないのに！」とわざとらしく嘆いてみせた。

しかし違う、そうではない。エレノアが言いたいのはもっと別の事だろう。

「『可』の評価を受けた生徒は、該当教科の補講を誰でも受ける事ができます。レイさんもちゃんとご存じの筈です」

「あぁもしかして、その補講の結果によっては先に取った成績評価を上方修正してもらえるという噂の？」

「はいそれです、ローラ様」

エレノアの声に先に反応を示したのは、問われたレイではなくてローラだった。

こういう話は、そもそも『可』評価に馴染みのない生徒にとっては、知る必要さえない事だ。ただの一度も最上位成績『優』より下を取った事の無いローラにとっては、特にそうだろうと思う。

幸いにも、入学するよりずっと前から既に外交官を目指していた私にも、その手のものには縁がない。それでも私が成績評価のアレコレを知っているのは、ある意味エレノアのお陰である。

「そういえば君、一回生の間は算術で毎回『可』を取っては、涙目で補講を受けていたよね」

「涙目の情報は余計です！」

楽しげに言ったモルドのせいで公衆の面前で自身の成績を晒されたエレノアは、今正に涙目になりつつモルドを睨む。

残念ながら彼の更に楽しげな忍び笑いを誘う結果にしかならないのは、ご愛敬というべきなのだろうか。

「別にいいでしょ。毎回どうにか『良』評価に上げてもらえていたんだし。まぁいつも四回目の正直ではあったけど」

「モルド様！」

「二回生からは『絶対に補講にならないように』って僕が先生役を買って出たお陰で、一度も『良』より下には落ちなかったんだし。まぁ毎回図書室で『算術なんてこの世から消えてなくなればいいのに』ってワッと叫んでは先生に怒られていた訳だけど」

「もうっ意地悪！」

「ちょっと二人とも、そろそろ話を戻していいかしら」

「ハッ、そうでした！　モルド様が意地悪だから、つい」

「ちょっと、僕のせいにしないでよ」

思わず「いや、多分二人とも悪いよ」とツッコミを入れたくなったけれど、キリがないので心の中だけで止めておく事にする。

「私が言いたいのは『得意不得意に関わらず、〝可〟の評価自体は努力次第でどうにでもできる』という事です。補講に回数制限はありませんから」

たしかにエレノアは実際に、何度も補講にチャレンジして最終評価を一つ上げている。対してレイは規則的には挽回の道が存在していたのに、『可』の評価を覆した事がない。入学してから今日までの三年間で、一度もだ。

レイは自らの不得意に甘んじて、努力をしてこなかった。エレノアが言いたかったのはこの事だ。

もちろん何を目標にするか自体は人それぞれなのだから、必ずしも『可』評価を覆す必要はない。

貴族は皆、学園を卒業しなければ一人前と認められないが、一度も『不可』を取らなければ卒業資格自体は貰える。

次期当主でも上級貴族でもなく、叶えたい夢がある訳でも守るべき立場を背負っている訳でもないレイは、必ずしも高みを目指す必要はない。

しかし殿下の隣を望むのならば、話は別だ。特にダンスと礼儀作法なんて、まっさきに身に着けるべきスキルの筈である。

「もし本当に殿下を愛しその隣を望むのならば、周りを認めさせるためにも補講は必須。少なくとも自らを高める努力を、する必要はあるでしょう」

エレノアに続いた王太子の元婚約者・ローラの一言は、傍聴者たちの耳にも特に説得力を以て届いた。

対する彼女はどうだろう。

「そういえば、リンドーラさんは昔から外国歴史が苦手だったのよね？」

周りをゆっくりと見回してから最後にリンドーラへと水を向けると、周りの視線を釣ることに見事に成功した。

集中した視線に、彼女が少し身を硬くする。

それでも、あらかじめ「話を振ったら素直に答えればいいだけだ」と言い含めていたのが良かったのだろう。少なくとも外面はそれほど取り乱さずに「恥ずかしながら」と頷いた。

「ですが、実は先日やっと初めて『優』を頂く事ができたのですわ」

「えっ！　苦手教科で『優』だなんて、リンドーラ様とてもすごいです！」

エレノアが驚くのも無理はない。最高評価である『優』は、『良』とは比べものにならないくらい、ハードルが高い。ちょっとやそっとで貰えるようなものではないのだ。

「私、どうしても暗記が多い外国歴史が、苦手だったのですね。でも少しずつ勉強法を工夫して、今回やっと実を結びましたの」

自らの頑張りを手放しで褒められて、嬉しくない人なんていない。心強い味方を得たリンドーラは、少し表情を緩める。

そんな彼女にすかさずローラが、先程エレノアがレイにしたのと同じ質問を投げかける。

「リンドーラさんが、そうまでして学園で勉学に励む理由は何ですか？」

彼女は「そうですわね……」と顎に手を当てた。

「未来に役立てるため、でしょうか。領民、ひいては国民のために勉学に励み、得た知識を還元する事こそが、貴族の務めだと思いますわ」

貴族として実に模範的な回答だ。彼女の本当に凄いところは、彼女がこれを素で言える精神性の持ち主だという事である。しかし、彼女の強みは何もそれだけではない。

「それに、外国歴史は外交分野に必須の知識。だからどうしても、苦手なままではいられなかったのですわ。その……ローラ様に、負けたくなくて」

最後にポツリと付け足した一言は、純粋な競争心というには少し可愛らしすぎた。

周りの貴族たちの中にも、彼女の真面目さの中にいじらしさを見つけた者がいたのではないだろうか。実際に「おや？」とか「もしや？」という顔になった貴族たちが、チラホラといる。

が、肝心なのは『本人に察してもらえているか』である。

ちょっとずつで良い。せめて「かもしれない」くらいで良いから、意識してくれればいいのだけれど。

ほんの少し期待しながらルドガーを盗み見て、ちょっとニンマリとしそうになった。

多分、まだ意味は分かっていない。それでも仄かに頰を赤らめた彼女に、どうやら「彼女もそんな顔をするのだな」という類の一種の驚きは抱いたようだ。

興味というにはまだ薄いが、どうやら万年不仲だと思っている相手のギャップを気に留めているだけ、とりあえずは良しとしておこう。

「それで？　エノが『レイさんは殿下の隣に立つつもりがないのでは』と思った理由はそれだけなの？」

エレノアに更に理由を聞いてみると、少し顔を曇らせ「いえ、実はまだそれだけではなくて」と答えてくれた。もしなければこちらから何かしら行動しようと思っていたが、どうやら必要なさそうだ。

「私、努力の件を抜きにしても、レイさんの殿下への気持ちには疑問が残るなと思っているのです」

佇まいを正したエレノアに、レイが息を吸った気配がした。

きっとまた悲劇のヒロインぶろうとしたのだろう。しかし絶妙なタイミングで「あら、それはとても気になりますね」とローラが横から遮ってくる。

「レイさんは私から殿下をかっ攫っていった方ですもの。もし『殿下への愛』が偽物だったとするならば、一体何が目的だったのか。当事者の一人として、ぜひ知りたいところです」

心なしか声が弾んで聞こえるのは、おそらく気のせいなどではない。

完全に外野なのをいい事に、事の成り行きを純粋に楽しみ始めているのだ。彼女のいたずら心にも、ちょっと困ったものである。

ローラに「それで？」と促され、エレノアが改めてレイに向き直った。

「レイさんは、『王族の立場から見た貴族』をどのようなものだと思っていますか？」

次はどんな質問が来るのかと半ば無意識に身構えていたレイが、あからさまにホッとした。

簡単な質問だと思ったのだろう。恰好を付けるような咳ばらいを一つした後、胸を張って堂々と言う。

「貴族は王族に従う者。王族の手足となって動く者、でしょう？」

彼女の表情は自信に満ち溢れているが、対照的にエレノアは少し落胆顔になった。

彼女の表情の理由が、私には少し理解できた。だからこそ私はもう一人に問う。

「リンドーラさんはどう思う？」

「貴族は王族の協力者だと思いますわ」

「協力者ぁ？」

即答したリンドーラに、レイのどこかバカにしたような声が返った。しかしまったく動じることなく、リンドーラは生真面目に頷く。

「はい。貴族にだって自らの言動を選ぶ権利と、選ぶ責任を持っています。その上で皆、王族の思想を実現するために尽力する選択肢を取っているのです。従属者ではなく協力者と呼んだ方がしっくりと来る気がしますわ」

「明確な上下関係が存在するからこそ、秩序と統率が保てるんですよ？　そんな事も分からないんですか？」

「もちろん国家を維持するために序列は必要です。王族には自ずと威厳を持った振る舞いが必要にはなりますけれど、謀反が起きる可能性を完全に否定できない以上、気持ちの上では『貴族の協力があって初めて国家が機能する』と考えるべきですわ」

　これが、レイとリンドーラの差だ。

　このやりとりを聞いただけだとリンドーラの言葉は一種の綺麗事、理想論に思える。しかし彼女は実際に、普段から周りを尊重し相互理解の上で人間関係を作れている。

「リンドーラさんの魅力は、協調を大切にしていてもリーダーシップを損なっていない点にあります。相手の立場や気持ちを推し量りつつ、まとめ上げる事に長けている。バランス感覚に優れた采配ができるところが彼女の強みでしょう」

「たしかにレインドルフ嬢って、意外と対人関係で悪い噂は聞かないよね。『侯爵令嬢である事を鼻に掛けずに接してくれる』という話がよく聞こえてくる。他にも『よく相談をしに行く』とか『いつもお世話になっているから手に入った美味しいお菓子をお裾分けしに行こう』とか」

　モルドがローラに同調した。意外と、とは随分と失礼な物言いだが、彼女の場合、見た目と実際にギャップがあるから彼の見解も否定できない——と思ったところで、エレノアが「はい！」と手を挙げた。

「私、見ました！　先日リンドーラ様が学園の中庭で、お一人でこっそりとお花に水をやっているところを。リンドーラ様は人にだけではなく、植物にもお優しい方です！」

「それはおそらく、バラの花が咲いていたからですわね」

「リンドーラ様、バラがとってもお好きですすよね。小物にもよく使っていますし、今日もほら、胸に」

汚れない限りは別に悪いことではないのだが、淑女は普通、自ら植物の世話などしない。おそらく忍んで行っていたのだろう。

それをこんな風にバラされても尚、怒らずエレノアの会話に付き合ってくれるリンドーラは、たしかに優しい令嬢だ。

とても気配りができる子なので、彼女に友人は多い。

「それに対してレイさんは、個人主義……なのではないかと」

「僕もクリノア嬢が殿下以外の人と一緒にいるところは、一度も見た事がないなぁ」

珍しく気を遣って言葉を選んだエレノアに、モルドも苦笑交じりに頷いた。

対する完全客観視派のローラの言い分には、容赦がない。

「レイさんの場合、一人を好んでいるというより、周りに人が集まらないという方が正しいのではありませんか？　まぁあれだけ貴族として非常識で周囲を下に見た立ち居振る舞いをしていれば、忌避感を抱かれても仕方がないと思いますが」

これには外野も、大いに納得するところがあったのだろう。少なくともつい先程の陛下への行いは非常識極まりなかった。この点だけは取り繕えない。

「実は私、先日学園でレイさんが、同級生に『喉が渇いたわ、お茶を持ってきて！』と叫んでいらっしゃるところを見ました」

「あぁあったね、そんな事も。『この私の言う事が聞けないの⁉』とも言っていたなぁ。まぁ周りは呆れた人が大半で、特に誰も取り合っていなかったけれど」

残念そうに声をワントーン落としたエレノアに、モルドも同調を見せる。

先程レイは『明確な上下関係が存在するからこそ、秩序と統率が保てる』と言ったが、今の話は十中八九それに類する行為ではない。

もっと私欲的で俗物的な、彼女がただ優越感に浸りたいがための要求にしか思えない。

おそらくそれも、エレノアを残念がらせる一因になっているのだろう。

が、この件が抱える最も大きな問題は、彼女自身が、そして何よりルドガーが、彼女の振る舞いの影響範囲を見誤っている事にある。

「私、その場面に遭遇した時、とても悲しかったのです。レイさんの『この私』という言葉の裏に、殿下の存在がチラついて……」

エレノアの背中がシュンと萎み、慰めるようにモルドが彼女の肩を抱き寄り添った。

そんな彼らに訝しげな目を向けたのはルドガーだ。

何故そこに俺の名前が出てくるのかと言いたげな彼に、思わず深いため息が出る。

彼は分かっていないのだ。ルドガーがレイを側に置いている事が周知の事実である今、レイがルドガーの寵愛をチラつかせて周りに偉ぶり、それを含めた彼女の言動をルドガーが諫めないという現状が、周りからどう見えるのかを。

「もしかして殿下は私たちを、召し使いのように考えているのでしょうか……」

上の者の名を借りて、下の者が行動する。貴族界では使用人が主人の名を借りて、臣下が王の命を受けその名の下に、動く事が往々にしてある。

誰かの名前をチラつかせた時、周りは使われた名の持ち主の意思がそこにあると認識する。

レイが殿下の名前をチラつかせれば、周りが「レイの言動は全て殿下の意思と同義だ」と思うのは、至極当然の流れだろう。

故に、彼女の言動への不信が、ルドガーへの不信へと繋がる。積もればやがて王族への求心力に影響し、ゆくゆくは国の将来への不安にも響くかもしれない。レイがしているのは、殿下が許しているのは、そういう事だ。

チラリとルドガーを見れば、驚きに目を見開いた彼がいた。

きっと他の誰かの振る舞いが自分の評価に直結するとは夢にも思わなかったのだろうが、ローラが婚約者だった頃には、彼女の評価の恩恵を散々受けていた筈だ。

今回はそれがマイナスに作用しているだけの事、何かが大きく変わった訳ではない。

それに、だ。婚約者と一心同体になるのは、評判だけには止まらない。

「殿下の婚約者は国の代表として他国との社交場に出る必要がありますが、必要とされる技術は何もダンスや礼儀作法だけではありません。自らと同等以上の地位がある相手を敬う事ができなければ、国家間の溝を作る事にも直結してしまいます」

「日常生活でさえ他人を敬えない人間が、本番でだけできるとは考えにくい。その場合、誰かが彼女の助けにならなければなりませんが――殿下」

ルドガーを真っ直ぐに見て、私は問う。

「貴方に、婚約者の面倒を見る事ができますか？」

この前ローラが言っていた。殿下は人の顔と名前を覚えるのが苦手で、婚約者時代にはよく横からローラがこっそりと耳打ちして教えていたのだ、と。

同じ事がレイにできるかと言われると、この様子ではかなり難しいだろう。

今まで社交場で手助けをされる立場だった人間が、助けが無くなる上に他人の面倒を見なくてはならないだなんて、難易度はかなり高い。

もしできなければ、二人は共倒れ。ひいては国が終わることにもなりかねない。

流石のルドガーにもその程度の想像はついたらしい。みるみる顔が青ざめていく。が、更にローラが言葉を重ねた。

「殿下。今の地位にいる限り、貴方には否応なく王太子として、ゆくゆくは国王としての言動が求められるでしょう。だからこそ、正妃の座には仕事上でもきちんと協力し合える相手を据えることが、お互いにとって幸運かと思います」

おそらくレイには、人を誑し込む才能がある。社交手腕という意味ではない。相手が本能的に望む言葉を吐き、行動をし、甘やかす才能が。

お陰で彼は、ローラと比べられて傷付いていた自尊心を満たし、彼女の我が儘を叶える事で「頼られている」という一種の承認欲求を満たすことができた。

さぞかし気持ちがいい事だろう。しかしこれは、その場しのぎの幸せだ。

国王になるのなら、楽な方に逃げるばかりではいけない。現状の自分に甘んじて成長を望まない人間では、王妃として必要な職務は果たせない。

だから、選択を突き付けなければならない。

「殿下、どうか今一度、慎重にお考えください。国のためにも、殿下ご自身のためにも」

私の言葉に、彼は両目を見開いたまま、ゆっくりと視線をつま先に落とす。

彼の様子の変化に気が付いたレイが「殿下？」と顔を覗き込むと、視界に入れた彼女をまるでやんわりと拒否するかのように、彼女とは反対方向へとゆっくりと視線を逸らす。

きっと今、視野狭窄的な恋から目覚めかけている。

私には彼が、懸命に考えを巡らせているように見えた。

ならばきっと、今しかない。彼の感情が揺れている今、物事をやっと客観的に見る余地が生まれた今が、最後のカードを切る時だ。

「ところで殿下。実はここに一人、努力を常に怠らず、国を見渡す視野の広さと心の広さを兼ね備えた上に、殿下に一途で居続けている令嬢が居るのですが」

言いながら、振り向いた先の彼女に向かって頷いた。

どの令嬢の事を言っているのか、流石のルドガーも分かったらしい。

「レインドルフ嬢……？」

「あ、えっと、その……」

疑問と困惑の表情で見つめてくるルドガーに、名前を呼ばれたリンドーラが少し恥ずかしげに身じろぎをした。

しかしすぐに決心したような表情に——って、いや、ちょっと待って。

緊張し過ぎて鋭くなった目つきで殿下を見上げるものだから、睨み上げているようにしか見えない。

お陰でルドガーがちょっと慄いて、ジリッと半歩下がってしまったじゃない。良くないわ。

わざとらしくコホンと咳ばらいをすれば、リンドーラがハッとした顔になった。

彼女は胸に手を当て、大きく二、三度深呼吸をする。どうにか気持ちを落ち着ければ、決闘にでも挑むかのような目つきになった。先程よりは些かマシである。

「私が初めて殿下とお会いしたのは、王城でのお茶会でしたわ。殿下が初めて社交場に姿をお見せになった時で、たくさんの子女たちに話しかけられ、忙しく対応されていましたの」

「あぁまぁ、そうだったな……？」

「しかし私は、殿下にもお茶会にも、あまり興味を抱けなかったのですわ。親からは『殿下と交流してくるように』と言われていたのですが、そもそも騒がしいのは嫌いでしたし。ですから終始遠くから眺めて退屈な時間を潰しているという感じで」

「うん？」

片眉を上げて聞き返した彼は、どうやら何の話なのだろうかと思っているようだった。

が、その謎もすぐに解ける。

「しかし殿下と二人でお話しする機会に恵まれたお陰で、特別な日になったのですわ」

昔語りを続けるうちに緊張が解けてきたらしいリンドーラが、強張っていた表情をフッと綻ばせた。

ゆっくりと目を伏せた彼女は、どこか懐かしげな表情だ。

今日一番の優しい色を瞳の中に揺蕩わせ、口元に穏やかな笑みを湛える。

「パーティーの途中でお手洗いに立った後、少しだけ寄り道をしようと思い立ったのですわ。暇つぶしの、目的地の当ても無い散歩。そしてやがて、綺麗なバラが咲き誇る庭園にたどり着いた」

王城の、バラが咲き誇る庭園。そんな場所、私には一つしか思いつかない。

私とルドガーとローラ、三人の幼い頃の遊び場には、無類のバラ好きな王妃様の指示で沢山のバラが栽培されていた。

「本当に美しくて、思わず見惚れてしまいましたの。しかしボーッと立っていたところに突風が吹き、不運にも大切にしていた髪のリボンが飛んで舞い上がってしまって。高い位置にあるバラの蔓に引っかかってしまったのですわ」

言いながら、彼女は自身の髪へと触れる。

頭につけているカチューシャに、深紅のリボンが結ばれている。

そういえば、彼女はいつもあのリボンを身に着けている気がする。

「覚えてはいらっしゃらないでしょうけれど、そこに通りかかったのが当時の殿下だったのですわ」

嬉しさが滲んだその声が、私には「貴方が覚えていなくても、私にとっては大切な思い出なのだ」と思っている様に聞こえた。

彼女にとってどれだけ大切な記憶なのかがよく分かる。そう思った時だった。

「――覚えている」

「えっ!?」

「あ、いや。うっすらとではあるんだが」

丸くした目に喜色を覗かせたリンドーラに、ルドガーが「期待するな」と片手で制する。

しかし実際には、わりと細部まで覚えていたようだった。

「あの時は、確かたまたま通りかかったんだ。母上のバラ園に誰かが勝手に入っていたから叱ってやろうと思ったのだが、ものすごい顔で女の子が号泣していて——」

「たっ、たしかに泣いてはいたかもしれませんけれど、ものすごい顔なんてしていませんわっ!」

リンドーラが慌てて言葉を遮る。

顔を真っ赤にしてムキになってはいるが、怒っているという感じではない。覚えていてくれた嬉しさと、妙な覚えられ方をしていた恥ずかしさがせめぎ合っているのだろう。自分でもどう感情を処理していいのか分からないという雰囲気だ。

しかしそんな彼女に相対するのは、残念ながら女心をまるで理解していない殿下だった。

「そうか？　結構貴族令嬢にあるまじき盛大さだったと思ったが……」

真面目顔でそう言うものだから、リンドーラも喧嘩腰になる。

「殿下だって！　泣いている私をどうにか泣き止ませようとなさって、それはもう王太子にあるまじき慌てようでしたわ！」

「なっ、何だと⁉　それでは俺が、あたかもみっともなく慌てていたかのようだろう！」

「だって実際にそうでしたもの！　仕方がないではありませんか！」

あーあ、せっかく少しいい雰囲気になったと思ったのに、結局いつもの残念な空気だ。

エレノアたちの喧嘩とは違って、こちらは本気の喧嘩腰だから、甘さなんて皆無である。

もう、どちらの言い分も正しいのだから、別に言い合いしなくても。

私も今しがた思い出した古い記憶をなぞりながら、思わず苦笑してしまう。

リンドーラが話すその日のお茶会には、実は私も殿下のお目付け役として参加していた。

休憩がてら席を立った彼が中々帰ってこない事に気が付き「サボっているな？」と踏んで、わざわざ捜しに行ったのだ。

見つけた場所は庭園で、まさに彼がワンワンと泣きじゃくる令嬢を前にして「あの」とか「えっと」と言っている時だった。

少し遠巻きに観察していると、やがて彼女の涙の理由がバラの蔓に引っかかったリボンだと聞き出したルドガーが、困り顔になった。

リボンが引っかかっているのは、手の届かないほど高い位置。いくら木登りができる殿下でも、流石に細くて棘のあるバラの木は登れない。

周りには頼れる大人の姿はなく、脚立なども側に無い。すぐにはリボンを取ってあげられない。

それでも彼は、きっと彼なりに懸命に考えたのだろう。目の前の女の子を泣き止ませる方法を。――そして。

「とっ、とにかく！　殿下は泣いていた私に、バラを一輪プレゼントしてくださったのですわ」

そう。その姿は、さながらおとぎ話のワンシーンであるかのようだった。

「……赤いバラでしたわ。とても大きくて、とても綺麗で。あの日以来、赤いバラは私の一番好きな花になりましたの」

目を伏せた彼女の胸元には、大きな赤いバラが咲いている。優しい手つきで花に触れた彼女は、ふわりと柔らかく微笑んだ。

ルドガーは、自分の行動が他人の嗜好のきっかけになっていたと知って、驚いているようだった。

しかし思い至ったのはそこまで。――はぁ、まったく鈍感め。

伝わっていない想いがじれったい。もどかしくて、つい口を挟みたくなる。でも私はあくまでも外野だ、口を出していい場面ではない。

一度瞑目したリンドーラが、静かに「殿下」と彼を呼ぶ。

その声が少し震えているように聞こえたのは、きっと気のせいではなかっただろう。普段彼女が彼に見せる、ツンケンとした強気はそこにはない。

「レインドルフ嬢？」

不安に瞳を揺らす彼女に、気遣わしげな声が問いかける。

しかし彼女に伸ばしかけた手は、強い決意を宿した表情を見て、彼女に届く前に止まった。

顔を真っ赤にした彼女は、拳を強く握りしめ、一息に思いのたけを告げる。

「私はあの時、バラをくださった時からずっと、貴方をお慕いしておりますの！」

ルドガーが、彼女から向けられた想いをやっと自覚し、ゆっくりと驚き顔に転じた。

「え……そ、だって、俺にはいつも突っかかってきて、だから俺が嫌いだろう……？」

「それはその、意識してしまって、緊張で」

彼女が喋る時には律儀に彼を見るけれど、自分が答える番になると恥ずかしくなって目を逸らす。リンドーラは今、羞恥と素直の狭間で行ったり来たりする視線と感情を、ギリギリのところで制御しているように見えた。

対するルドガーは、完全に持て余している。驚きと戸惑いと他の何かに心をグラグラと揺さぶられ、受け止めるので精いっぱい、といった感じだ。

そんな彼の内心に、ずっと彼を見続けてきた彼女が気付かない訳がない。

「驚くのも無理はありませんわ」

少し悲しげに笑いながら、彼女は言葉を惜しまず伝える。

「殿下に正式な婚約者が立てられた時、本当は諦めようと思いましたの。もちろん『ローラ様には敵わない』と思ったのも理由の一つではありましたが、私の場合、もっと別の理由で致命的に、殿下の妃には向かないだろうと心底思い知りましたから。……しかし結局無理でしたわ。実るかも分からない努力を今日まで続けてしまうくらいには、殿下を諦められませんでしたの」

懺悔にも似た吐露だと思った。きっとルドガーも、少なからず同じように思ったのだろう。だから彼も真剣な顔で、彼女の言葉をかみ砕く。

「その、俺の妃には向かないだろうと思った理由を、聞いてもいいか？」

知ろうとしてくれた彼に、リンドーラは一瞬躊躇した。

それでも胸の前で拳を握って、意を決したように彼を見据える。

「私は、愛する方には私だけを見つめて、私だけを愛してほしいのですわ」

彼女の願いは、子孫繁栄の観点から妃を複数人娶るのが通例である王族の殿下には、叶える事が難しいものだ。

握りしめた手が、小刻みに震えている。

「分かっていますわ、私だって。殿下を相手に独り占めなんて、現実的ではない事くらい。それでもどうしても嫌なのですわ！　殿下の唯一でないならば、殿下のお側にいることさえ辛いと思ってしまうのですわ」

最初彼女は、自分の想いを胸に秘めたまま生きていくつもりだった。彼を独り占めするなどという我が儘は、叶わないだろうと思っていたから。

それを、私とローラが二人がかりで説得してここまで引っ張り出した。

それ程までに好いているのなら伝えなければ後悔する。きちんとけじめをつける意味でも、今の気持ちを全て素直に伝えてみてはどうか、と言って。

「殿下の婚約破棄を聞いた時、喜んでしまった自分がいました。淡い希望に胸を高鳴らせてしまった私は、決して真っ白な心の持ち主ではありません」

彼女は今日、最初で最後のチャンスだと決めてここに居る。

きっと怖いだろう。好きな相手に嫌われるのが。決定的な言葉で拒絶されるのが。

それでも潤んだ瞳で、震える肩で、握りしめた両手に力を込めて、渾身の想いを告げるべく奮い立つ。

「私は我が儘な女ですわ。貴方の一番になれないならば、貴方の近くに侍る事さえできないと言っているのですから。もちろん貴方には、既に婚約破棄をしてまでも想いを寄せる方がいらっしゃる。でも、それでも……！」

心が叫ぶ、とはきっとこの事なのだろう。

彼女の言葉になりきらない切なる願いが私の心にまで乗り移って、心臓に甘い痛みを走らせた。

「ふつつかな私ですけれど、貴方を慕う気持ちの深さだけは誰にも負けない自信がありますわ！　貴方をこの先支えられるように、今後も精進いたします！　ですから貴方の仕事のパートナー兼愛を育む相手として、どうか私を選択肢の一つに加えてはいただけないでしょうか！」

必死に、畳みかけるように言い切った彼女は、力が入り過ぎたのだろう。語尾の声を盛大に裏返らせてしまった。

肩で息をする彼女の頬を、ゆっくりと涙が伝い落ちる。

自分自身で驚いたリンドーラが「あっ、これはその」と慌てるが、溢れた想いの結晶を見て嗤う者など一人もいない。

それでも彼女は恥だと思ったのだろう。慌てて顔を隠そうとした。が、一瞬早く滑り込んだ手に、彼女はゆっくりと目を見開く。

「今も泣き虫のままなのだな」

困ったような、観念したような笑みでルドガーが言った。リンドーラの頬の涙を、優しく拭う。

彼の中には、まだ戸惑いがあるように見える。少なくとも彼女を異性として好きになれるか否かの答えは出ていないのではないだろうか。

それでももう彼は、自分が彼女に嫌われているなどとは二度と思うまい。

良くも悪くも直情的で感情的な彼が、まっすぐな彼女の心と、押しの強さと、国を巻き込んだ我が儘の裏にある愛情を、隣に在るための努力や、決意や、心意気を、無視する事はできないだろう。

絆される未来が見えるようね。

少し照れたようなルドガーの表情に私は一人、密かに未来への希望を見出した。しかしこの状況を希望だと思えない者もいる。

「そんな顔を他の令嬢に向けないでくださいよぉ、殿下」

レイがルドガーの腕をグイーッと引き寄せ、むくれた顔を作って見上げる。――一瞬、リンドーラに鋭い目で威嚇した後で。

彼女からすれば、リンドーラは『せっかく陛下に自分を売り込もうとしていたところに、急に横入りしてきた邪魔者』だ。そんな顔になるのも無理はない。

甘ったるい声で上目遣いに見上げるレイは、まだまるで自分の勝利を疑っていないように見えた。少なくとも、たとえ少しくらいルドガーの心が誰かに揺れたとしても、すぐに取り戻せると思っているのではないだろうか。

たしかに彼女の言動は、可愛らしくていじらしく見える。あざといけれど、恋人の心をくすぐる効果は高そうだ。が、夢から覚めた人間にも間違いなく効くのかというと、必ずしもそうだとは限らない。

私には、ルドガーが腕を引き寄せられて初めて彼女の存在を思い出したように見えた。

一瞬まるで食べ物を喉に詰まらせたかのような顔になった彼は、気まずそうに彼女から目を逸らす。

すると、ここで初めて彼女も自らの不利に気が付いたのだろう。やっと慌てたように、媚びた声は癇癪へと転じる。

「殿下!? まさか私よりもこの女の方がいいと言うわけじゃないですよね!?」

じゃれるように寄せていた身は、縋るようなものへと変わった。しかしリンドーラをまっすぐ指さした彼女に、ルドガーはいい顔をしない。

「自分よりも身分が上の彼女を、『この女』呼ばわり……」

「そ、それはっ、でも！」

今まで一度も言われた事のない指摘をされて、レイは目に見えて面食らった。何か言い訳をしようとしたようだったが、一足先にルドガーが彼女に告げる。

「レイ、君が好意を寄せてくれて、俺はとても嬉しかった。共に過ごす時も楽しく、今までにない安らぎが得られた」

「殿下……！」

ルドガーが向けた言葉に、レイの表情がパァッと華やいだ。しかしそれも一瞬だ。

「が、今日色々と話を聞いて分かった。リンドーラがいる、いないに関わらず、君は正妃に向いていない。正妃になれば君も慣れぬ公務に、付き合わなければならなくなる。きっと辛い思いをする。ならない方が君のためだ」

「そんなっ！　私、あんなに貴方に寄り添って、尽くしてあげていたじゃない！」

「『あげていた』か」

「あ……」

寂しそうな声で呟いたルドガーに、レイは自分の失言を察した。

慌てて口を塞いだが、時すでに遅し。一度口から出てしまった言葉は、もう無かった事にはできない。

「レイの気持ちはよく分かったよ。……すまなかった、俺に付き合わせてしまって。だがもう良い、もう大丈夫だから」

失望と寂しさの滲んだ顔で、彼は彼女に別れを告げた。

情に厚い彼の事だ。もし彼女が「これからは私も努力するから」と言えば、何らかの可能性を残すつもりだったのかもしれない。

しかしその最後の可能性を断ち切ったのは、誰でもないレイの言動と本音だ。同情の余地はまるでない。

唯一の武器だったルドガーからの寵愛を失った彼女は、陛下や公衆の面前である事も忘れ、可愛い自分を作る事を止めた。

ギリッと奥歯を深く嚙みしめた彼女を彼が見ていなかったかもしれない事が、せめてもの救いか。

リンドーラがグスリと鼻を鳴らした音に目を引き戻されたルドガーが、泣き虫を前にして口元をフッと綻ばせ、リンドーラが恥ずかしそうに俯く。

二人を強く睨みつけたレイが抱いているのは、怒りなのか、妬ましさなのか。どちらにしても良い感情ではないだろう。

それが爆発して二人に水を差す前に、ローラがクスリと笑ってみせた。

「あらレイさん『殿下が誰を選ぶかは殿下自身が決める事。だから恨みっこなし』なのですよね？」

「既に殿下の婚約者でもない貴女に口を挟む余地は無いわ！」

「困りましたね。私は単にレイさんが不敬罪に問われない様に、注意して差し上げただけですのに……」

どこかで聞いたような言葉をそっくりそのまま引用するとは、流石はローラ。実にうまい反感の買い方、もとい気の逸らし方だ。

しかし何よりも秀逸なのは、強く彼女を睨むレイの姿が最早ただの負け惜しみにしか見えない事かもしれない。

勝てないと思ったのか、踵を返したレイは、わざとらしいほどの乱暴な足取りで会場から一人出て行った。走るどころか急ぎ足でさえなかった背中に「もしかしたらルドガーが追いかけてくるのを待っているのかもしれないな」と思ったが、その夢が叶う事はおそらくないだろう。

流石は王城とあって、用意している演奏家たちは優秀だ。空気を変えるかのように、オーケストラがアップテンポな曲を弾き始める。

陛下が朗らかな笑みを浮かべつつ「場を騒がせてしまった責任は、当事者たちでとるべきであろうな」と言った。

ルドガーが、グッと顎を引き決意の表情を浮かべてリンドーラへと向き合う。

「レインドルフ嬢。正直言って、俺は君の告白にまだ戸惑っている。曲がりなりにもこの国を背負う身分だから、間違ってもこの場で君の希望をすべて叶えるとは言えないとも思っている。だからまずは少しずつ、君を知る所から始めたい」

言いながら、彼は一国の王子らしい仕草で彼女の前にスッと手を差し出した。

「手始めに、俺と一曲踊ってくれないか……？」

まるで予想だにしなかった栄誉を賜ったかのように、吊り目がちな目が丸くなった。しかしすぐに彼の手に、手が重なる。

「はい、もちろん」

喜びと安堵にはにかんだリンドーラは、今までのどの彼女よりも可愛らしくて魅力的だった。

リンドーラが難しい要求をしている以上、この二人の恋にはきっと少なからず障害が立ちはだかるだろう。それでもうまくいけばいいなと、うまくいってほしいなと、私は心中で独り言ちたのだった。


リンドーラの熱気に当てられて少し火照っていた頬に、外の風が心地いい。

パーティー会場から漏れる光を背にし、バルコニーで一人「ふぅ」と小さく息を吐く。

やっと終わった。これで私は邪魔される事なく、私の道を突き進む事ができる。

じわりと疲労を感じるが、充足感で相殺だ。そう思った時だった。

「実に趣向を凝らした、面白い見世物だったぞシシリー」

背中越しに、低く落ち着いた声がかけられた。振り返れば、そこに居たのは案の定、顎下に立派な髭を蓄えた威厳ある男性だ。

「陛下」

「あぁ良い、そうかしこまるな」

私が最敬礼を取ろうとすると、早々に彼に制された。体勢を戻すと少し嬉しげな表情と目がかち合う。

『上手くやった』と言うべきか。『やってくれたな』と言うべきか」

「一体何の事でしょう？」

「分かっているぞ。今回の件、黒幕はシシリー、君だろう？」

「黒幕だなんて人聞きが悪い」

黒幕というほどの大事ではないが、事が円満に片付くように動いたのは事実だ。知られていない筈の三人のお茶会での例の会議を言い当てられたような気分になって、平静を装いつつも内心ではドキッとさせられる。

私の父と陛下とは、仲の良い幼馴染だったらしい。子ども同士も同年代だったから、私は『殿下の遊び相手』というだけではなく、幼い頃は特に家族ぐるみの付き合いをさせてもらっていた。

故に、私の全てを悟った上で「そうか」と零した笑みに、私は「相変わらず抜け目なく、優しい人だな」という、感心半分降参半分の感情を抱いた。

もちろん建前上は王と臣下の関係を貫いている。成長するにつれ、私も徹底して線引きをするようになった。

しかしやはり昔の名残で、心の距離は多少近い。少なくとも私は普段、彼を尊敬こそすれど、彼に緊張したりはしない。

そしてもしかしたらそれは、何も私に限った話ではないのかもしれない。

「……なぁシシリーよ、私の沙汰は甘かっただろうか」

おそらく他ではしないような質問を、呟くように投げかけられた。

「何について」の部分は語らない。それでも彼が何の話をしたいのかはすぐに分かった。

陛下に背を向け、バルコニーの先に目をやる。

手すりの向こうに広がる夜闇には、蛍火のように弱々しいろうそくの光がポツリポツリと光っていた。もの寂しい光を眺めながら、私はゆっくりと『容赦』という概念を横に置く。

「そうですね。正直に言えば、甘いと思います。いくら直系の王子が殿下一人しかいなくても、陛下に一言の相談もなく、勝手に、しかもあのような形でローラ様を貶めようとした殿下を、たった二か月の謹慎ごときで済ませるなんて」

別にルドガーが嫌いでこのような事を言っている訳ではない。

もちろん彼の浅慮には毎回ため息が出るし、行き過ぎた振る舞いには怒りを覚える事もある。しかしそれだけで彼の良さがすべて損なわれる訳ではないと、私はちゃんと知っているつもりだ。

それでもやはり答えは変わらない。今回の陛下の沙汰は甘い。

「この国の現状は概ね把握しているつもりです。現状では、たしかに殿下を廃嫡にするリスクは大きい。しかしたとえ安全策を取る必要性を理解していても、人間です。割り切れない感情が貴族内でくすぶっているのではありませんか？」

「あぁ、その上宰相が領地に引っ込んでしまったからな」

「最近は特に、そういう類の不満を耳にする事が増えました。王城内の執務にも影響が出ているのでは？」

「あぁ。だからこそ、どうにかしなければならない」

この言い方なら、今正にそのための策を探しているところなのだろう。

化粧では隠しきれていない目の下のクマが、陛下の苦悩を物語っているような気がした。

ならば仕方がない。

「ちょうど、今日の件がうまくいったからこそ取れる策が一つあります」

私が出した助け船に、陛下は顔を明るくした。しかしすぐに残念そうに表情が曇る。

「やはり惜しいな。もしアレがいなかったならば、この国の未来の王妃は間違いなく君だったろうに」

「あの人の隣に立つ事以外は、私にとって等しく不幸な未来です」

自身の心に素直に告げれば、たった一つ以外をキッパリと捨てた私の物言いに遊び心を擽られたのか。陛下が揶揄うように口を開いた。

「ならば、そうならない様に手を回すのも一興か？」

「そんな事をなさる方ではないと、信頼していますᅟ」

「そうまっすぐに言われてしまうと私も弱い」

可笑しそうに笑った彼は、一つ憂いが晴れたからか。顔には少し疲れが見えるものの、ここに来た時と比べて幾分か元気を取り戻したように見えた。

もちろん、すべての懸念が解消されたわけではない。しかし未来は明るいと、少なくとも私は思っている。

「きっと大丈夫ですよ、陛下。リンドーラさんは彼のいいパートナーになるでしょう」

「そうであれば良いと、私も思う」

彼の答えに、私は口元にフッと笑みを浮かべた。

彼が反対しないのならば、二人の先行きも明るいだろう。そんな風に内心で独り言ちる。

すると。

「──あぁそういえば」

不意に何かを思い出したような声と、優しげな笑みが向けられた。

「まだ内々の情報ではあるが、今年はちょうど数名の募集がかかるらしい」

彼の言葉に目を見開く。

また言葉が足りないが、やはり何を指しての言葉なのかは私にとっては明白だった。

ずっと求めて、やっと今年、十六歳になった。初めて権利が得られた年に、まさか早々にチャンスが到来するなんて。こんなの嬉しくない筈がない。

「本当ですか⁉」

朗報を前にはしゃぐ私を見て、目尻に皺を刻んだ彼が「あぁ」と頷いた。

「厳正な試験となるから、私は手助けできんがな」

「むしろその方がいいのですよ。そうでなくとも私の場合、周りからの風当たりが強くなる事は必至なのですから。——でも」

強く笑う。

この幸運に感謝して、改めて自らに誓う。

「必ずや実力でもぎ取ってみせます。夢を叶えるために」

「有能な女性が活躍できる場を作る事は、この国の躍進にも繋がる。期待しているぞ？シシリー」

「はい、陛下」

この後すぐに募集が掛かったとしても、きっと試験は早くて半月後。まだ勉強の余地はある。

それまで全力で駆け抜けようと、私は改めて気合いを入れたのだった。

ルドガーの新婚約者擁立騒動から約一か月。リンドーラに誘われて、彼女の屋敷にお邪魔した。

通されたのは、応接室。深紅とこげ茶色で統一された上品で落ち着いた内装の部屋である。

どうやら私が最後の来客だったようで、部屋に入ると既にエレノアがお菓子に手を付け、ローラがティーカップを片手にそんな彼女を微笑ましげに眺めているところだった。

「少し遅れてしまったかしら」

「お気になさらず。シシリー様がお忙しいのは、皆よく分かっていますもの」

微笑みながら、今日も相変わらず赤のドレスと赤バラの髪飾りで自らを飾ったリンドーラが言ってくれる。

促されて最後の一席へと座り、他愛もない話をしながら少しの時間を過ごす。そうして落ち着いた頃、彼女がスッと姿勢を正してかしこまった。

「皆さま、先日はご助力いただき本当にありがとうございました。お陰様で長年の夢が叶いそうですわ」

「おめでとう。良かったわね、無事に殿下との婚約が成って」

「まだ若干、夢見心地ではあるのですけれど」

私からの祝辞にリンドーラは、眉尻を下げ少し自信なさそうに笑った。すると、エレノアが「大丈夫ですよ！」と言って自分の頬をつねってみせる。

「夢じゃありません。その証拠に、ほら痛いです！」

一体何が「ほら」なのか。彼女と痛覚が繋がっていない私たちにはまったく実感のない検証なのだが、彼女はまったく気が付いていないようである。

自身の頬をビローンと引っ張って嬉しそうに笑うエレノアに、最初こそ驚いて目をパチクリとさせていたリンドーラが、やがてクスクスと笑いだす。

一方ローラは涼しい顔で「私は何もしていませんよ」と微笑んだ。

しかしそんな筈はない。リンドーラもこれには同意だったようで「何をおっしゃっているのですか」とすぐに口を尖らせる。

「最後にダメ押しをしてくれたのは、誰でもないローラ様ですわ！」

そう。実はあの日、ルドガーに改心の片鱗を見た外野の一部に、ローラとの再婚約の可能性を見出した者たちがいた。しかしローラは目敏く動きを察知して、早々に先手を打ったのだ。

「かっこよかったですわ。ローラ様の笑顔の一言」

「事実を言っただけですよ。『リンドーラさん以上に殿下を想い、支えられる方は存在しません』と」

ローラの主張におそらく間違いはないだろう。彼女はただ、思った事を言っただけだ。

しかし実際の効果は何も、事実の提示のみに止まらない。

彼女はあの一言で、周りに『だから私は殿下の婚約者に戻る気はない。貴方たちも、私が彼女に劣るという事実を露呈させてわざわざ恥をかかせないで』という牽制をしたのである。

お陰でその後、ローラとの再婚約関連の話は結局一ミリも浮上せず、リンドーラの恋路の障害になる事も無かった。

二人は無事に愛を育み、リンドーラは最短で婚約者の席に座る事ができた。

「ローラ様の言葉に恥じない行いを心がけますわ」

吊り目の少女は嬉しそうに、頬を染めて微笑んだ。しかしティーカップを手に取ったところで「そうでしたわ」と思い出したようにエレノアを見る。

「そういえば、エレノアさんは大丈夫でしたの？　あのパーティーの後日、レイさんからの襲撃に遭ったと聞いたのですが。……エレノアさん？」

「ふぇ？」

お菓子に夢中だったエレノアが、頬袋がパンパンの状態で顔を上げる。

今日の彼女のお気に入りはマドレーヌだ。ふんわりしっとりの甘いお菓子。非常に彼女好みだろうけれど、だからといって淑女のお茶会でコレはいただけない。

「貴女って子は、どうしてそういつもいつもお菓子にばかり夢中なの」

「エレノアさん、本当にお菓子が好きなのですね」

「清々しい食べっぷりですわ」

「むぐむぐ……ゴホッ」

「あぁほら、ゆっくりでいいですから。とりあえずお茶を飲んでくださいな」

せき込むエレノアに、リンドーラがすかさず世話を焼く。お陰でどうにか無事に口の中を空にしたエレノアは「えっとそれで、私が何か？」などと、呆れるような事を言う。

「はぁ……。『レイさんに襲撃されたらしいけど大丈夫？』っていう話よ」

「その話なら、まったくの無傷でした。その……モルド様が守ってくれて」

どうやらその時の事を思い出したらしい。ポッと頬を赤らめたエレノアに、ローラが「まぁ！」と目をキラめかせる。

「たしか完全なる逆恨みだったのよね？『お前があんな事を言わなければ』という」

「えぇそうなのです。でもモルド様が、とっさに助けてくださって。あの時のモルド様、とてもカッコよかったです」

「まぁまぁ！」

ローラが楽しげに声を上げるが、私もあまり人の事は言えない。思わずニヤニヤしてしまう。

エレノアも最近、段々とモルドとのアレコレに耐性が付いてきたのだろうか。惚気る事も増えてきた。仲睦まじそうでなによりだ。

一方リンドーラには、感じ入る部分があったらしい。

「分かりますわ。不意に助けてくださったり、ちょっとした事を褒めてくださったり。『無意識っぽく』というのがまた、意外と胸にきゅんと来て……」

エレノアに同調しながらも、若干私的な惚気が垣間見える彼女の物言いに、エレノアもまたうんうんと深く頷き返した。この二人、意外と気が合うんじゃないかしら。

「結局レイさんは今、王城の前で刃物を振り回した罪で独房に入っているらしいわね」

どうやらエレノアがちょうど王城に用事があったのを、レイが待ち伏せしていたらしい……という一部始終を、実は先日モルドに会った時に私は聞いていた。

彼は「王城の前で事に及ぶだなんて警備の騎士もたくさん居たのに、一体何を考えていたんだか。無謀だよね」と肩をすくめていたけれど、その程度で済んだのも、全てはモルドがちゃんとエレノアを守ってくれたお陰だ。

エレノアの親友として、彼にはとても感謝している。

「レイさんは特に剣術などに自信がある風ではありませんでしたが、自暴自棄でしょうか」

「まぁ近ごろの彼女は、学園でも『孤立している』などという生易しい状態ではなかったですもの。仕方がないかもしれませんわ」

しかしそれもこれも、全ては身から出た錆。自業自得というやつだ。

「それに比べて最近の殿下の評判は、順調に回復しつつあるとか」

「えぇ、シシリー様の助言のお陰で」

ローラが言い、リンドーラが答え、二人の視線が私に向いた。

エレノアがコテンと首を傾げて「何の話ですか？」と聞いてくる。リンドーラが「シシリー様がこっそりと、殿下の周辺に満ちていた不満のガス抜きと、落ちた信頼の回復方法を教えてくださったのですわ」と答えれば、表情を華やがせたエレノアに「シシリー様、すごいです！」と尊敬のまなざしを向けられた。

が、流石にちょっと言い過ぎだ。

「私は少し口を挟んだだけ。実行したのはあくまでも貴女ですよ、リンドーラさん」

いくら策を巡らせても、実行する人がいなければ形にはならず、実行する人の手腕によって結果も自ずと左右される。

そういう意味で、リンドーラは実に優秀だった。

「最初に『何事も最初が肝心』と言われた時には果たしてどんな策なのかと思わず身構えてしまいましたが、私にもできる事で良かったですわ」

話を持ち掛けた時の事を思い出したのか、リンドーラはクスクスと笑い始める。

たしかにあれは、れっきとした印象操作ではあるけれど、やる事だけを取り上げると可愛いイタズラ・可愛い意趣返しに類するものである。もし身構えて話を聞いていたなら、思い出せば出すほど可笑しくもなるだろう。

「今は殿下、日々きちんと執務をこなされているのでしょう？」

「えぇ。今までローラ様が担ってくださっていた難しい執務も『できないのと、効率のために分担するからやらなくていいのとでは別物なのですよ？』と説得し、すべてやってもらっていますわ。ついでに宰相閣下のお仕事のしわ寄せについても色々と話して聞かせたところ、殿下ったら最近はしきりに『二人が抜けたしわ寄せはそれほど大きなものだったのだな……』と嘆きつつ、頑張って机に向かっていますわ」

「殿下もやっと本当の意味で、自分がした事を反省することができそうね」

口だけだった先日と比べて実感できているなら、何よりだ。このまま彼の浅慮にも少しは改善が見込めればいいのだが、どうだろう。先は長くともいずれは……と願うばかりだ。

「そういえば最近城内で『殿下が既にリンドーラさんの尻に敷かれ、馬車馬のように働かされている』という噂を耳にしましたが、あれは？」

「あっ。それは私も聞きました！　先日お父様のお使いで王城へ行った時に、貴族たちが楽しげに話題にしていて！」

ローラの声にエレノアも、思い出したように言葉を重ねた。「皆さん驚いたり笑ったりしていて、とても楽しそうでしたよ？」とほのぼのと笑っているが、それもすべて想定通りだ。

「ヒーヒー言いながら執務に邁進する殿下の姿をあえて周りに見せているのですわ。本当ならば威厳を損なう行為ですのであまり宜しくないのですが、今回に関しては殿下の失態のせいで損害を被った方々に、少しずつ溜飲を下げさせたり見直させたりする効果をもたらしましたの。意外と噂の回りが速かった事も、助かりましたわ」

恐妻じみた自身の噂にも、リンドーラはまったく動じない。むしろ「それで殿下が周りから許され見直されるのならば」と歓迎しているくらいである。

実に献身的な妃候補だ。そんな人を見つけてあてがった事、ルドガーにはぜひとも感謝してもらいたい。

と、ここでローラの勘が冴えわたる。

「もしかして噂の回りの速さについては、シシリー様が手を回したのではありませんか？」

久々に、まるでいたずらが見つかった子どものような気分になる。

しかし先日陛下から相談された『貴族内でくすぶる不満の解消』も、これで遂行できたのだ。悪びれる必要もないだろう。

軽く口角を上げ、大仰にすっとぼけて見せた。

「手を回しただなんてまさか。私はただほんの少しだけ、殿下に不満を抱いていた方々と世間話をしただけよ？」

「ふふふっ、ダメですよシシリー様、ごまかしても。噂の件はさておいても、王城内では近ごろ、今回の件をあげては『流石は黒幕、うまい具合に収めたな』とか『ゆくゆくは宰相として陰から国を牛耳る気なのでは？』などと言われているのだとか」

「え、本当にそんな？」

「ええ。お父様が『私が地位を追われるのも近いかもしれんな』と笑っていました」

はぁ、またか。しかも今度は宰相閣下のところまで聞こえてしまっている始末。一体どこまで独り歩きをするつもりなのか。そもそも私がなりたいのは、宰相ではなく外交官だ。

「そういえばそのお父様が『シシリー様にお礼を言っておいてほしい』とも言っていましたよ？　何でも例の外交問題、シシリー様がした贈り物がきっかけで、あちらの態度が少し軟化したのだと」

「そうなのね、なら良かった」

彼女の言った贈り物とは、少しでもゼナードお兄様の仕事の忙しさを緩和できればと思って考えた、今の私にできる精いっぱいだ。

具体的には、例の国にいる友人――こちらが怒らせてしまったという外交官と新たに関係性を築きたがっている人材に、かの相手が今正に欲しがっていそうなものを送り、ついでにその情報を手紙にそえた。

我が国でしか入手できない物を敢えて選ぶ事で暗にこちらの配慮を匂わせはしたけれど、それだけだ。策略というには確実性に乏し過ぎる。が、少しでも状況がプラスに転じたというのなら、本望だ。

頭を悩ませた甲斐があったなと、ふわりと口元に微笑を浮かべる。が、ここではたと気が付いた。

私でさえまだ知らなかった事態の経過を彼女が知っている。という事は、もしかして。

「宰相閣下が謹慎から？」

情報源を予想すると、彼女からニコッと笑みが返る。

「はい、やっと復帰しました」

「陛下がさぞかし喜んだでしょうね」

「ええ、ここだけの話ですが、涙目になって両手での握手を求められたのですって」

どうやら陛下もかなりギリギリだったらしい。ローラと二人で顔を見合わせて思わず吹き出し笑い合う。

と、先程からジーッと私の顔を見ていたエレノアが「あの、シシリー様？」とマドレーヌを片手に聞いてくる。

「シシリー様、何か良い事がありましたか？」

「え、何故？」

「なんか今日はどことなく機嫌が良いように見えて」

驚いた。

たしかに良い事はあったけれど、上手く取り繕えているつもりだったのだ。

それをまさかエレノアに見抜かれてしまうなんて。私もまだまだ面の皮が薄いらしい。

「嬉しい事？　何なのか少し気になりますわ」

エレノアに続き、リンドーラも興味を示す。が、まだ言えない。

私は人差し指を唇にトンと当て、意味ありげな笑みを浮かべた。

「まだ秘密」

「えぇーっ、シシリー様の意地悪ー……」

「そう言われると、猶更気になってしまいますわね」

「ちゃんと言えるようになったら、真っ先に貴女たちに教えると約束するわ」

「うー……」

唸ったエレノアに、思案顔になったリンドーラ。何故か、含みのある笑みを浮かべるローラは、もしかしたら何か察しているのかもしれない。

敵わないなぁと思いながら、私は皆にエサを投げる。

「それで、私が出したもう一つの任務の方はどうですか？」

リンドーラには、やるべき事を二つ伝えていた。一つ目が殿下を想うならば執務に関しては心を鬼にしてきちんとさせ、王太子としての自覚を促すと共に、その姿を周りにもきちんと見せる事。そしてもう一つが、きちんと飴も与える事。

私の問いかけにリンドーラは、嬉しそうにはにかんだ。

「えぇ、きちんと毎日、殿下との時間は取っていますわ。仕事の休憩がてら、毎日のように庭園をお散歩しながら、色々なお話をしますの」

思惑通り綺麗に惚気てくれたリンドーラに、ローラが「まぁ！」と声を上げ、エレノアも興味津々の顔になる。

どうやら無事に、彼女たちの興味を色恋沙汰へと移すのに成功したらしい。

ワイワイと話に花を咲かせ始めた三人を眺めつつ、私はマドレーヌに手を伸ばす。

エレノアが必死になって頑張るだけあって、私には少し甘すぎた。しかしまぁ、たまにはこういうのも良いかもしれないと、心の中で小さく思った。

それから経つ事、数日。

我がグランシェーズ公爵家に、一通の封書が届けられた。

送り主は、ドゥルーズ王国外交部。開いてみると、中にはこう綴られていた。

シシリー・グランシェーズの、外交部への就職試験の合格をここに証明する。

ついては、近く王城で開催(かいさい)される就任パーティー参加を命ずるものとする。

幕間　何度も会いたくなる手紙

朝。すっかり身支度を済ませ、最後に机の前に立つ。

引き出しを開け、取り出したのは一通の手紙。もう何度も読み返したソレを、また丁寧な手つきで開き、小さな笑みを一つ落とした。

手元には、少し角ばった丁寧な文字が綴られている。

おめでとうシシリー。君の前途が明るい事を願い、見守っているよ。

最後の一文を、ゆっくりと指の腹でなぞった。

甘さなんてまるで無い。優しくはあってもどこか距離を置いたような、他人行儀にも思える言葉たち。

不満が無いと言えば嘘になる。少し寂しくだってある。

それでも、合否を聞いてすぐに筆を執ってくれなければ、彼の赴任先の国からはあんなに早く届かない。そうと気が付いてしまったらもう、私の心の機微なんてほんの些細な事

だった。

これは彼が、私を気にしてくれている証。

そう思うだけで嬉しくて、貰った日からもう数えきれない程、何度も何度も読み返している。

お陰でもう、文面はすっかり覚えてしまった。それでもまた読んでしまうのは、つい彼の字に逢いたくなってしまうから。彼の心に少しでも触れたいと思うからだ。

折り筋の部分がすっかりクタクタになった手紙を、今またもう一度読み終わった。丁寧な手つきで畳んで封筒にしまい、小さく深呼吸をする。

これから向かう先は、王城主催の就任パーティー。そこで私は、外交官として正式に認められる事になる。

ずっと抱いてきた夢だ。ゼナードお兄様と肩を並べて同じ国を渡り歩くという夢のための、第一歩でもある。

緊張も、漠然とした不安もある。それでも手紙を読んだお陰か、幾分か心は落ち着いた。

「行ってきます、ゼナードお兄様」

机に置いた手紙に向けて言う。

彼は今もまだ外国で仕事中だ、今日パーティーには来られない。

けれどだからこそ、彼に恥じない始まりに。
私はそう、心に誓った。

第三章　夢のために、どうしても負けられない闘いに挑みます

外交官の就任パーティーは、王城の一角で取り行われる。

用意されているのは、先日あった王城でのパーティーとは別の部屋。広さも一回り小さいが、今日のような就任パーティーには通常、侯爵家以上とその付き添いしか参加できないため、人数相応である。

王族が出席する事もあり、装飾も調度品も飲食物もきちんと品質の良い物で揃えているため、他のパーティーと比べて見劣りすることもない。

粗相があってはいけないと時間に多少の余裕を見て入場したものの、室内には既にそれなりの数の参列者たちが入っていた。

皆の視線が一斉に集まったのは、おそらく肩章のせいだろう。

今日の主役たちが揃って付けるもので、私も先程入り口で渡されて付けている。

参列者たちの大半は、将来のエリートの顔を見るためにここに来ているようなものだ。

少々不躾な視線ではあるが、これも新参者が受ける洗礼のようなものらしいので、今日の所は甘んじて受けるしかないだろう。

緊張交じりにそんな事を思ったところで、幻聴か、聞き慣れた声が私を呼ぶ。

「シシリー様ー！」

いいえ、彼女であるわけがない。だってここには侯爵家以上の人間しか入れない筈だもの。どうやら私も相当緊張しているらしい――。

「シシリー様っ！」

「えっ、エノ⁉」

ポンッと肩を叩かれて、振り返って思わず驚いた。

そこに居たのは、緩くウェーブがかかった長い髪にオレンジ色のドレスを身にまとったのほほん顔の令嬢だ。

幻聴などではなかった。まごう事なきエレノアである。

「どうして貴女がこの会場に？　もしかして無断で入場なんて……」

王族も来るパーティーだ。もしそんな事をしてしまったら、二、三日は牢屋行きという可能性もある。スキャンダルが命取りの社交界において、その失態は非常にマズい。

しかし、そんな私の心情などまるで汲み取ってくれない彼女は、嬉しそうな顔で言う。

「愛の力です！」

「は？」

思わず間の抜けた声が出た。

何なのそれは、どういう事？　真っ直ぐな瞳が冗談を言っている様には見えず一人困惑していると、やっと彼女に追いついてきた優男・モルドが苦笑する。

「心配しないで、シシリー嬢。ちゃんと僕の婚約者として入場手続きを踏んでいるから」

「あぁなるほど。『愛の力』というのはそういう」

きっと婚約者のエレノアを『侯爵家の人間に準ずる者』と認め、許可されたという事なのだろう。言われてみれば、たしかに『二人の愛の力』には違いない。

隣に立ったモルドと腕を組み「そういう事です」と言わんばかりにそれを軽く持ち上げて見せてくる。隣で一瞬キョトンとしたモルドが、次の瞬間何を思ったかニヤリと笑った。

「僕は今日、君の装飾品か何かなのかな？」

「そっ、そんな訳がありませんっ！」

「でもこれだと、まるで新しいアクセサリーを見せびらかしているみたいだけれど」

からかい口調で言ったモルドに、エレノアはムッと不服顔をする。揶揄われたから、またプリプリと怒るのか、と思いきや。

「私がモルド様を物扱いだなんて、一億年生きたってあり得ないです！」

「え……」

予想外の方向から飛んできた直球に、モルドがポカンと口を開けた。

エレノアの物言いだと「大切なモルド様を物扱いなんて滅相も無い」と言っているも同

然だ。いや、おそらく彼女は実際にそう思って言ったのだろうが、一億年って。

エレノアは、自分の言葉の破壊力を侮っている。そんな事を言ってしまったら、モルドはきっと――。

「そ、そんなにかぁ……」

「あ、ちょっ、モルド様っ」

片手で口元を大きく覆った彼は案の定、嬉し過ぎて人の目を気にせずちょっと大胆な行動に出た。彼女の手を取って手首にキスを――。

「相変わらず仲が良いようで何よりだけど」

「モルド様っ！」

私が横やりを入れても尚止めようとしないモルドに、今度こそエレノアが顔を真っ赤にして強く制止した。

確信犯・モルドがニヤリ顔になったところで、呆れながらも「それにしても」と話を変える。

「こういう集まりは大抵当主が参列するものでしょう？　もしかして侯爵、どこか体のお加減が……？」

「あぁいや、そうではなくて。僕が頼んで代わってもらったんだ」

「頼んで代わって？」

　何故、と思った。首を傾げて言葉を返すと、モルドが呆れ顔になる。

「君は僕たちを一体何だと思っているのかな？　友人の晴れの舞台なんだから、見たいと思うのは当然じゃない？」

　え、それはつまり、わざわざ私をこの場で祝福するために、侯爵から名代の座をもぎ取ってきてくれたという事なのだろうか。心がじんわりと温かくなる。

　ゆくゆくはモルドも侯爵になるんだし、きっと『モルドの顔繋ぎと婚約者のお披露目を兼ねて』という思惑もあるのだろうとは思うけれど、だとしても二人の心遣いが嬉しい。

「でも、結婚式の準備ももう佳境でしょう？　そちらは大丈夫なの？」

「たとえどんな時期だって、シシリー様の晴れの舞台を見届けない理由にはなりません！」

　エレノアは、そう言うとまるで夢想するかのように頬を緩ませた。

「私、もうずっと今日を楽しみにしていたのです。本当はこれからの一部始終を全て見たまま保存して、後で何度も見返したいくらいなのですが、残念ながらそのような技術は存在しないので、仕方がなく全てをこの目に焼き付け、帰ったらすぐに日記にしたため、後日それを何度も何度も読み返そうと思っているのです！」

　トンッと胸を叩きながら「任せてください！」と言ったエレノアに、思わずジト目を向けてしまう。愛がかなり重い。

「それに、式の準備はモルド様のお母様とお姉様が手伝ってくださっているので、心配ありません！」

「あとはエレノアが式の段取りを当日になって頭から飛ばしたり、壇上でつまずいて転んだりしないかが心配なくらいかな」

「もうモルド様！　言わないでください！　本当になっちゃったら困るのはモルド様ですよ⁉」

「これはまた新手の脅迫だ」

頰を膨らませたエレノアに、モルドは肩をすくませ笑う。

相変わらずの仲睦まじさに少し緊張も解けてきた。ふぅと小さく息を吐いていると、モルドが「それにしても」と何やら懐かしげな表情だ。

「本当にすごいね、シシリー嬢は。まさか陛下に切った啖呵を現実にするなんてさ」

「覚えていたの？　モルド様」

「もちろんだよ。というか、あれがきっかけで君の事をきちんと認識したからね」

「言われてみたら、モルド様に初めて話しかけられたのって、あの後すぐだった様な気がするわ」

私とモルドは、特に家同士の付き合いも無く異性だった事もあり、当初は「顔と名前くらいは知っている」という程度の相手だった。にも拘わらず学園入学前に彼と交流が持てたのは、最初に彼が話しかけてくれたからだった。

懐かしいなと思い返していると、疑問顔のエレノアが「シシリー様、あれって何の話です？」と聞いてくる。

「あぁそうね。エノはあの時いなかったから」

私たちが小さかった頃、他国の来賓を招いての非公式なパーティーが開催された。『侯爵家以上』という制約があったから、この話自体、知っている人はけっこう少ない。

当時はまだエレノアと友人ではなかったけれど、伯爵令嬢である彼女が爵位的にあの場には居合わせていないのは確実だ。

「えー、二人だけ知っているなんて、なんかちょっとズルいです……」

ツンと口を尖らせて、エレノアが分かりやすくいじけた。

無視しても良かったのだけど、どうせまだパーティーが始まるまで時間がある。

「……はぁ。仕方がないわねぇ、もう」

エレノアがパァッと目を輝かせた。

六歳で外交官になる事を夢見て以降、両親に外交官になるための方法をせがんで色々と教えてもらった。

中でも最も強調して言われたのは「そう簡単になれるものではない」という事だ。

国の花形部署でもある外交官職は、競争率がとても高い。人員に空きができれば王城で試験が行われるが、試験はかなり難しく、そう簡単に合格はできない。

しかし何よりも大きな障害は、この国が男社会である事だとお父様は言っていた。

「そもそも王城勤務の女性登用自体かなり稀だが、中でも外交官職は一度も女性が就いた歴史が無い。狭き門どころか、門が存在するかも未知数だ」

子どもに伝えるには少々世知辛い話のような気もするけれど、今思えばあれは、私がのちに真実を知って傷付かないようにという優しさだったのだろう。

現実を突き付けられても尚、私は諦めはしなかった。

外交官になるために、相応以上の努力をしなければ。

でもそれだけでは足りない。門が無いのなら作らなければ。八歳になった頃にはそう思うようになっていた。

だから、九歳になる三日前、幼いながらに思ったのだ。

——これは間違いなくチャンスだ、と。

「国王陛下。わたしをお引きたてくだされば、かならずや大きな成果をあげてみせます！」

国王陛下にそう願い出た昼間のガーデンテラスには、王妃様と来賓として招かれた他国の国王夫妻も居た。

侯爵家以上の貴族たちが集うお茶会での事だった。和やかな空気で歓談する大人たちのもとに、私は勇んで突入したのだ。功績——一つ年下の、他国の姫の手を引いて。

求められてもいないのに陛下方の話の輪に割って入るだなんて、今思えばかなり挑戦的な行動だ。

しかしその日が非公式の場だった事、私がまだ子どもだった事、その上で一応は最低限の言葉遣いを弁えていた事などが重なり、幸いにも厳しい叱咤が飛んでくるような事はなかった。

少し距離が離れた場所に居た両親が私の暴挙に血相を変えて回収しようと動いたものの、面白がった陛下が手で制してくれたお陰で、捕まらずに済んだ事をよく覚えている。

元々陛下とは家族ぐるみで仲良くさせてもらっていたから、陛下相手に話す事には特に躊躇はなかった。

それよりも「夢への門を作り出す。その為に自分の頑張りを陛下に知ってもらわなければ」という気概の方が強かった。

陛下から向けられた視線は優しげだった。もしかしたら一種の退屈しのぎだったのかもしれないが、興味を持ってもらえたのは僥倖だ。私は堂々と陛下の言葉に受け答えする。

「大きな成果か」

「はい、このように」

言いながら、しっかりと繋いでいる他国の姫の手を掲げてみせる。

彼女に目を向け微笑めば、彼女もまた私に笑ってくれた。

引っ込み思案を体現したような控えめな笑みではあったけれど、その笑顔は本物だ。

大人もそれを感じ取ったのだろう。どこからか「ほう」と、感心したような声が漏れた。

彼女は二週間前に、親の公務についてこの国に来たらしかった。しかし初の国外である上に、元々の人見知りが災いし、ずっと家族以外に心を開かず、誰とも話さず、笑う事も無く、当然友達もできなかったらしい。

陛下自ら中腰になってまで語りかけても、同年代の子たちとの遊びの場を設けても状況は決して好転せず、そろそろ滞在期間も終わりに近付き「最後に内々でお茶会をしよう」という話になったのが、ちょうどこの日だった。

お茶会の目的は大人たちの交流であり、彼女の友達作りは誰もが諦めていた。

どうせもうすぐ帰国するのだ、帰ればまた元の友人たちと楽しく遊ぶようになるだろうと妥協していたのである。

そんな中、ひょんな事から一時的に領地へと帰っていた私がギリギリで王都に戻ってこられたのは、とても幸運だったと思う。

「ほんの十五分ほどで、姫殿下となかよくなりました！」

この頃の私は、流石にまだ『王族同士における外交は、条件面に加え互いの関係性が物を言う事が往々にしてある』とか『他国の王族に喜ばれる事は、政治向きの決定権を直接的に持つ人間への最大のコネづくりに等しい』という外交上の道理は、あまりよく分かっていなかった。

それでも私は「外交官とは他国の人間と仲良くするのが仕事の一つで、誰もが達成しえなかったソレを成功させたこの状況は、褒めてもらうに値する」という事くらいは、理解していた。

だから大きく胸を張り、誇らしげに陛下に報告した。

思惑通り「たしかに大した成果だな」と優しい笑顔で褒めてもらえて、かなり得意げにもなった。

まだ感情の取り繕い方が上手くできていなかった私の得意げは、もちろん周りに筒抜けだ。満面の笑みの私に陛下方も微笑ましげで、特に姫殿下の両親は久しぶりに見る事が叶った友人と笑う娘の姿に大層喜んだようだった。

「相手の心を開かせるその手腕は稀有で有用な才となろうし、この先ますます磨きが掛かると思うと将来が楽しみだ。自分を売り込む行動力も持ち合わせているところも、末恐ろしさを感じさせるな」

喉の奥で笑いながらの彼の言葉を純粋な賛辞と受け取って「ありがとうございます、陛下」と言葉を返した。

陛下に功績を認められたのだ、自分の未来が開けるかもしれない。

そうすれば、ゼナードお兄様とお揃いだ。もっと一緒に色んな所へと行ける。沢山の時間を一緒に過ごせる。そして一緒に、世界中の人たちと仲良くなって、国に平和を――と思った時だった。陛下がとんでもない事を言い出したのは。

「うむ、いいだろう。お前は将来、王太子の妃に――」

「じょ、冗談じゃないっ！」

反射的に反論していた。慌てて口をパシッと押さえるが、言葉は既に出てしまった後。今更取り消す事はできない。

焦った私とは裏腹に、陛下は無礼についてはあまり気にしていないようだった。私の断固拒否の姿勢に驚いたらしく、疑問顔で聞いてくる。

「何だ、先ほどの『引き立てる』とはこういう意味ではなかったのか？　ルドガーとも仲が良いし、てっきりそういう事なのだとばかり」

「いいえ陛下、ぜひ将来、わたしを『外交官』にお引きたてください！」

「外交官？」

陛下の純粋な疑問声に、誰かの吹き出した声が重なった。

「まったく、幼いくせに生意気を言う」

「子どもだからこそ、だろう。女が『外交官になりたい』などと、大人になったら決して言えぬ冗談だ」

「夢を見るだけなら自由ですものね。子どものうちは発想が豊かで微笑ましいですわ」

まるでさざ波のように、生暖かい雰囲気が広がる。

どうやら皆、私の言葉を『世間を知らぬ子どもの戯言』『大人の真似をしたいだけの子どもの言葉』だと思ったらしい。

そんな中、ただ一人陛下だけが、真面目に取り合ってくれた。

「何故外交官になりたいのだ？」

「ゼナードお兄さまが……ゼナード・セントーリオ侯爵が言っていました。『言葉はときには武器になり、災いの元にもなってしまう。外交官はその武器をもっとも平和な武器としてふるい、皆を守る仕事なんだよ』って。私もゼナードお兄さまのようになりたい。お兄さまのとなりに堂々と立ちたいのです！」

それは暗に「だから王太子妃になんてかまけてはいられない」という主張でもあった。不可抗力とは言えど、王太子を蔑ろにした形だ。機嫌を損ねても仕方がないような物言いだった。

しかし陛下はあくまでも「なるほど、ゼナードも罪作りな奴だ」と言っただけだった。

「たしかに素質はあるだろう。あそこは気難しい者や腹に一物を抱えている者を相手に仕事をする。相手の心を開かせる術も立派な武器になり得る。が、茨の道だぞ？」

まるで私の決意を試すような言葉だった。

陛下もまた、きちんと現実を教えてくれたゼナードお兄様や両親のように心配してくれているのだと分かった。だから宣言するように言う。

「この国には、まだ女性外交官が一人もいないと聞きました。ですからわたしが一人目になって『女でも外交官ができる』と証明してみせます！」

挑戦的な、下手をすれば挑発的にも取れる笑みを浮かべている自覚は多少あったけれど、

「淑女らしくない顔だ」と恥じ入るつもりはなかった。

陛下は嬉しそうな、どこか感心したような表情で顎を撫でる。

「いいだろう。その可能性、必ず私の前に見せに来なさい」

「はい陛下、かならず期待にこたえてみせます！」

このやり取りは、あくまでも非公式の場での事だ。しかし隣国の王族を始めとしてたくさんの目撃者がいる場所で言質が取れたことには、変わりない。

自分の力で、未来への門を作る事ができた。私はこの時そう思い、子どもながらに自らの行動に大きな手ごたえを感じたのだった。

「えぇーっ！　八歳でそんな功績を上げるなんて、シシリー様すごい！」

「すごいのは陛下よ。結局今日まで約束を守り、私の意向を汲んで無理に王太子妃の席に座らせる事もせずにいてくださった。お陰で私は今こうして、外交官としての第一歩を踏み出す事ができる」

「でもたしかあの後、先方の国との大型貿易が始まったよね？　陛下の配慮は、その件の報酬だったんじゃない？」

「じゃあやっぱりすごいです！」

　エレノアのまっすぐ過ぎる称賛に、ついこそばゆさを感じてしまう。

　しかし、あの頃を思い出すと少し恥ずかしい。だってあんなにも自信ありげに宣言をしておきながら、その根底にあったのは根拠のない自信と願望だけだったのだから。

「あの頃の私は子どもだったわ……」

「え？　えぇそうですね、当時は八歳だったのですから、子どもです」

「いやまぁそれはそうなのだけれど、そういう意味では……いえ、もういいわ」

　キョトン顔で首を傾げるエレノアに、弁解する気も失せてしまった。

実際に結果に結びついたのだ。今はまずそれを喜び、前を向いて頑張ろう。そう結論付けたところで、王族入場のファンファーレが鳴り響いた。

開いた扉から最初に現れたのは、陛下と王妃様。後ろに第二妃、第三妃と続き、最後に殿下とリンドーラが腕を組み入場した。

少し前よりもキリッと引き締まった殿下の表情に、密かに安堵の笑みを零す。

最近の彼は『考え無しに国事よりも私欲を優先するボンクラ』から『婚約者の尻に敷かれながらも、改心して国のためにあくせくと働く次代の王』へと完全に印象を刷新した。

同じ方向を見据え並び立つ二人が、私にはどこか眩しく見える。

思えば、ローラと並び立っていた時のルドガーは、なまじ顔は良いお陰もあってまるで絵のような立ち姿だった。当時はお似合いの二人の図だと思っていたけれど、今思えばどこかよそ行きで作り物じみていたように思う。

レイと居た時は、お互いしか視界に入っていなかった。周りに気を配る事なく閉じた世界を思わせたあの光景は、もしかしたらある種の共依存だったのかもしれない。

対してリンドーラと共に居るルドガーは、公の場である事を弁えつつも自然体で、互いに互いの存在を感じながらも、きちんと前を向けているように見えた。

慣れない公の場で、まだ王族としての振る舞い方に少し戸惑う婚約者を王太子然としたルドガーがきちんとエスコートしているなんて、リンドーラ相手でなければ見られなかった光景のような気がする。

ゆっくりと目を細めながら二人を見ていると、私の視線に気が付いたのだろう、リンドーラがこちらにフッと笑いかけてくれた。

自覚とはこんなにも人の姿を変えるのだろうか。そんな感想を抱くほど、彼女はもう王太子の婚約者として立派な威厳を放ち始めている。

リンドーラも、きっと社交場になれば陰に日向にルドガーの不足を補うだろう。そうできるだけの実力と心が彼女には備わっているのだから、支え合っていけるに違いない。

陛下の軽い挨拶が終わり、この場を仕切る宰相が今日のパーティーの主役となる者たちの名を一人ずつ読み上げていく。

まず呼ばれたのは、年に一回の査定で高い評価を得、表彰される者たちだ。

彼等はみな、今後は相応の栄誉と更なる仕事への邁進を求められる事になる。中には昇進する者もいるが、毎年そうは多くない。今回の昇進者は呼ばれた五人の中一人だけだ。

続いてついに、新任者たちが呼ばれ始める。どの部署も必要に応じて人員募集がかけられるが、今年試験をしたのは何も外交部だけではない。さまざまな部署から名が呼ばれ、締めくくりとして花形部署『外交部』の合格者の名が呼ばれる。

周りの注目が集まる中、一人二人と名前が呼ばれ、最後やっと私の番だ。

「シシリー・グランシェーズ」

「はい」

周りから刺さる視線を撥ねのける気概を持って、颯爽と歩き壇上に登る。

この後、宰相によって辞令内容が読み上げられ、陛下から一言ずつ激励の言葉を頂く事になる。

形式的なやり取りだ。返事の内容も決まっている。

しかし一般的に陛下から直接声をかけてもらえる機会は少ない。実に名誉な事とあって、壇上の誰もが皆、緊張気味に背筋を伸ばしている。

が、殊外交部に関しては、もう一つ注目すべき事がある。それが任地発表だ。

他部署はほぼ王城での勤務なので特に代わり映えしないのだが、外交部は担当国が任地になる。

割り当てられた国によって上からの期待度や今後の仕事の難易度が変わると思えば、当事者である私たちはもちろんのこと、参列者たちも気になる所だろう。陛下と宰相以外はまだ誰も知らない内容ともなれば、猶の事誰もが耳をそばだてて発表を待つ。

私よりも一足先に任地を言い渡されるのは、五歳年上の侯爵子息と十歳年上の伯爵子息だ。引き締まった顔つきで辞令を受け、参列者たちからそれぞれに「どういう土地だ、楽な土地だ何だ」という囁き声の洗礼を受けた。

きっと私も、何かしらは言われるのだろう。辞令を受けるべく陛下の前に立ち、小さく深呼吸をした。

が、次の瞬間、思わず目を見張ることになる。

「そなたには、外交部にて——セイレイン公国との折衝を任せるものとする」

宰相のよく通る声が、そう告げた。

聞き間違う余地は無かった。にも拘わらず、耳を疑った。

驚いたのは、何も私だけではない。

会場内が騒然とする。当たり前だ。セイレイン公国といえば、ちょうどルドガーとローラとの婚約破棄騒動が起きる少し前に関係が悪化した、あの国である。

戦争の危機があるだけではなく、商業における大口の取引相手でもある事から、現在我が国では最も神経質にならざるを得ない相手だ。それなのに。

「何故そんな難しい任務地を、新任になど……」

動揺した誰かの口から洩れたこの言葉こそ、会場中の人々の今の心を代弁していた。

しかし陛下はただ微笑むばかり。いつもと変わらぬ柔和な瞳から読み取れたのは「頑張りなさい」というエールのみだった。

何故私がこんな大役を？　弱気じみた感情と共に、反射的にそう思う。

しかしすぐに口を引き結んだ。

私に与えられた仕事よ。勿論やらなくちゃ。

自信を持つには不確定要素が多すぎる。が、足掻くだけの価値はある。私が適任だと陛下が思ったのならば、私もその期待に応えなければならないだろう。でなければ、ゼナードお兄様の隣に立つには相応しくない。

大きく息を吸って、吐いた。

弱気な私はなりを潜め、強気な私が心の中で「成功させる為に策を練りましょう」と冷静に意気込む。

そのためにまず必要なのは、現状におけるかの公国と我が国との関係性、こじれた理由、ありとあらゆる情報を洗い出し、分析すること。外交官、しかも公国の担当になったのだから、今まで伏せられていた情報にもアクセスする事ができるようになる。今までよりもより鮮明かつ細やかな——。

「陛下！」

焦り、いや、若干の怒気さえ孕んだ声が、突如として思考に割り込んできた。

振り向けば、ちょうど参列者の中から肩を怒らせながら歩み出た者がいる。

でっぷりとした見事なお腹に、脳天の乏しい頭髪具合を側頭部の髪で覆い隠すようなヘアセット。おでこに浮き出た脂がテカついてシャンデリアの光を反射しているが、こげ茶色のシックな色合いの服に、鈍い金色のボタン類などと、身につける物の品は良い。見た目が周りに与える影響をよく知っている人の装いだ。

「お言葉ですが、本気なのですか⁉」

「ムムモニラ公爵、『本気か』とはどういう意味だ」

「あの公国との外交をこのような者に任せるなど、ご乱心としか思えませんぞ！」

強い口調で抗議する公爵は、どうやら私以上に動揺していると見える。

しかし陛下は、この手の異議申し立てをあらかじめ想定していたのだろう。厳戒態勢を取った護衛騎士たちを手で制する彼は、聞く耳を持った君主の顔だ。

陛下の対応に流石に頭が冷えたらしい公爵は、一度佇まいを正して自らの言動の非礼をわびた。が、幾分か落ち着いた口調で「しかし」とキッパリ異議を唱える。

「たとえ陛下が王城内人事の最終決定権を持っていらっしゃっても、私は外交長官、外交官たちを束ねる立場の人間です。長たる責任を果たす為に、陛下に具申せねばなりません。――この者では力不足です。もっと実績を積んだ者の中からの人選を、どうか再考いただきたい！」

客観的な目で「流石は外交長官だな」と思いながら彼の声を聞いていた。

陛下への具申だけではない。彼は、自らが口にしてしまった過ぎた言葉を、陛下への叛逆の意思ではなく、あくまでも従順な臣下であるからこその忠言だと同時に示してみせた。

実際に、彼の言葉はこの場の大多数の不安や不服を代弁している。深く頷く参列者がいるのも、彼の言葉の正当性を演出する要素になっている。

一方、突然目の前で始まった修羅場に分かりやすく動揺したのが、ルドガーだ。

ガタリと立ち上がりながら「ムムモニラ卿、何もこのような席で！」と間に入ろうとしてくれているのは、おそらく彼の情の深さと浅慮に起因しているのだろう。ルドガーは、私を庇おうとしてくれている。

素直に言えば、気持ちそれ自体は嬉しい。が、日頃から仕事で交渉事を請け負っている公爵とルドガーでは、舌論の実力に雲泥の差がある。きっとルドガーの言い分など赤子の手を捻るよりも簡単にへし折る事ができてしまう。

せっかく最近イメージが上方修正されているのだから、余計な負けを増やさないで！　と思ったところで、リンドーラがすかさず彼を小声で制してくれる。英断だ。

小さくホッとしたところで、陛下が穏やかな声を発した。

「なるほど、忠言か。では公爵、君は彼女のどこを見て『力不足だ』と論じるのだ？」

「見るまでもありません。この者はまだ新任の、しかも若い女です。そもそも女が外交官になる事だって前代未聞だというのに、公国のような難しい国を任せるなどと……できる筈もありますまい」

なるほど。公爵は、どうやら保守的な思想の持ち主らしい。

もちろん責任ある立場に居る以上、失敗がもたらす危険性を考え予防線を張ることは彼の仕事のうちだろう。しかし外交官に採用しておいて、今更この言い分とは。

とても仕事がしにくそうな――。

「え？　何故シシリー様にはできる筈も無いのですか？」

少女の素朴な疑問が、公爵への同意にざわめいていた室内に、厭にクリアに響き渡った。

どこか緊迫感に乏しいこのほのぼの声が一体誰のものなのかは、最早問題にするまでもないだろう。

あぁもうまったく、せっかく殿下は止められたのに、どうして貴女が出てきちゃったの。

相変わらず独り言が大きな親友に、思わず深いため息を吐く。

エレノアのこの言葉はきっと、いや、ほぼ間違いなく私への信頼の証だろう。

そこまで買ってくれて、嬉しくない訳がない。が、だからこそ「このおバカ」と言いたくなる。

わざわざ貴女が矢面に立って、目を付けられる必要なんてないというのに。

ほんの一瞬沈黙が下りた会場には、再びざわめきが戻ってきた。まるでシミが滲むように広がっていく人々の声は、彼女の物言いへの動揺と否定を孕むものだ。

「どうやら君は、この者が背負わなければならない責任の重さが、良く分かっていないようだな。先程の話を聞いていなかったのか？」

また、周りの気持ちを代弁するかのように、公爵がそう言葉を発した。暗に「これだから

可哀想なものを見るような目の奥に、皮肉の色が見え隠れしている。

女は」と思っているのが丸分かりだ。

しかしここでエレノアが得意の鈍感力を発揮してみせた事で、雲行きは若干変わり始める。

「え？　聞いていましたよ？」

普通なら、自覚が無くとも自らの認識の正しさに不安を抱く場面だろう。流石の公爵もこの反応はどうやら予想外だったようで、一瞬驚いた表情になった。しかしすぐに気を取り直し、どうやら彼女の言葉を挑発だと認識したらしい。

「公国相手には慎重にならなければならないと言った筈だがな」

「？　はい、そうですね」

嫌味が全く通じていないエレノアに、公爵が口角をヒクつかせた。

「それが分かっているのならば、何故そのような疑問を抱くのか。どうやら君は外交官という職を、よほど侮っていると見える」

あからさまに呆れたため息を吐いた彼は、エレノアの無知を周りに知らしめるための演説を始める。が、一筋縄では行かないのが、いわゆるエレノア品質だ。

「外交官とは、母国の歴史や文化への理解を周辺国へと促すと共に、周辺国への理解を深め、共存するための歩み寄りを模索する職だ」

「はい」

「国に大きな利を与える事ができる実にやりがいのある仕事だが、一歩間違えば最悪戦争にまで発展することだってある、実に難しい職でもある」

「ふむふむ」

エレノアが上手い具合に合いの手を入れるものだから、最初こそ噛んで含めるようだった公爵が、段々と饒舌になっていく。

「外交官は周りから羨望を集める職だ。だからこそ我々はそれに相応しい結果を出さなければならない」

「えぇ」

「結果を出し得る実力を備えていない者には、名乗らせてはならない称号なのだ！」

「なるほど」

胸を張り、自慢げに語られた『外交官の何たるか』は、少し自己称賛的ではあったものの、概ね一般的な外交官職に対する称賛とはズレていない。

が、残念ながらエレノアは、彼の望む「何も知らない小娘が熱心に話を聞いている」状態からは乖離していた。その証拠に、だ。

「おそらく君はそういった重責云々について、あまり良く知らなかったのだろう。でなければ『何故できる筈も無いなどと言うのか』という疑問を持てる訳がない——」

「いいえ、今お話しくださった事は、もちろん知っていましたよ？　どれも、以前シシリー様から教えてもらった事ばかりです」

「……は？」

公爵の得意げな演説を、エレノアが途中で遮った。

見事なキョトン顔を受けて、公爵の声が一段、低くなる。

「つまりお前は、きちんと理解した上で『何故』と言ったのか……？」

「はいそうですが」

「ならばそれこそ、外交官に対する侮辱ではないかっ！」

公爵には、どうやらバカにされたと思えたらしい。職に対する彼の誇りが、本格的に彼を怒らせた。

しかしまだエレノアは困惑顔だ。その顔のままで更に何かを言おうとしたが、今彼女が何を言ったところで十中八九、火に油を注ぐ結果にしかならない。

彼女の言葉を制し、代わりに陛下に私が発言を願い出る。

「――恐れながら陛下、二人の間にある誤解を解くために、発言させていただいても宜しいでしょうか？」

二人のこのチグハグなやり取りの間には、一つの誤解が横たわっている。この先どうするにしても、まずはそれを正さなければ、話は永遠に平行線だ。

そもそもの原因は私だ。私が場を収めるのはおかしくないし、こんな事如きに陛下や宰相の手を煩わせるのも気が引ける。

「許可する」

「ありがとうございます」

私の気持ちを汲み取って、陛下は鷹揚に許可をしてくださった。

感謝しつつ改めて二人に向き直り「まずお二人に確認なのですが」と言いながら、まずは公爵に目を向けた。

「公爵は私のような新人の若い女が公国を任される事をあげて『分不相応だ』とお思いなのですよね？」

私の問いに彼は「その通りだ」と頷いた。

私も彼に頷き返して、今度はエレノアに尋ねる。

「エノ、貴女は私が最初から『できる筈が無い』と言われているのが不思議なのよね？」

「はい！　外交官がどれだけ難しい仕事なのかはシシリー様にお聞きしてバッチリ分かっているつもりですけれど、それでもシシリー様にならば必ず務まると思っていますから！」

エレノアの信頼を、笑顔で受け取りつつまた頷く。

これで二人の間にある誤解が浮き彫りになった。

紐解けば簡単な話である。公爵も、もうちょっと頭が冷えた状態かつ、エレノアがいつもの交渉相手とは別の世界で生きているモノだと正しく理解できていれば、すぐにこの齟齬に気が付けただろう。

「つまり私が『新人の若い女』というカテゴリー内の人間だから公国担当への就任を反対している公爵と、私個人の力量に不服を申し立てていると思ったエレノアでは、論じている対象が別なのです」

ここまで言葉にすれば、公爵も流石に理解が及ぶ。

「……なるほど、つまり彼女はシシリー・グランシェーズが『新人の若い女』という一般的なカテゴリーに収まらない人間だと言いたいのか」

「そうです！」

公爵は、沸点まで上り詰めていた怒りをやっと一度抑えつけて、頭を回して考え始める。

エレノアが「やっと伝わった！」とでも言わんばかりに、表情をパッと明るくしたが、彼はハッと彼女を鼻で嗤った。

「例外などある筈がない。そんな思考になる時点で、やはり外交官を軽んじている」

伝わらなかった。そう気が付いて、エレノアが目に見えてシュンとした。

「『新人の』はまだ分からなくもないですけれど、『若い女性』というだけで……」

洩れた彼女の声が一体何人の耳に届いたのかは分からない。が、少なくとも私には聞こえた。だからこの後の、口を引き結びグッと顔を上げた彼女の決意の表情の意味も分かった。

斜め上すぎて焦った。だって「今日は私がシシリー様の背中を押してみせます！」だなんて、これ以上場をかき乱してどうするのか。

フンスと鼻息を荒くした彼女は、先程までとは一転、やる気に満ち溢れているけれど、別に必ずしもこの場で公爵に舌論で打ち勝つ必要はない。

結果的に円満な関係が今後築いていけるのなら、着地点はどこでもいいのだ。

だから現状での最善は『例に漏れず空気の読めない物言いをしたエレノアを悪者にしないようにしつつ、話をうまく着地させる事』。そのためにも、無駄に意気込む彼女を止めてくれる人が必要だ。

助けを探し最初に目についたのはモルドだったが、彼は目が合って早々に「無理だよね」と、肩をすくめて降参してきた。

彼が本気で諭せば止まりそうな気はするが、そこまでする気は無いらしい。それどころか「任せたよ」と、小さくサムズアップまでしてくる始末だ。くそう、コイツ使えない。

次に頼りになりそうなのは、ローラ。当主である父が宰相としてこの場に居る以上、一人娘の彼女はきっと公爵家の代表として参列しているに違いない。そう思って探せば案の定、会場の隅で完全に傍観者を決め込んでいる彼女を見つけた。

彼女ならば、頼るに足る。これで万事解決——。

「ムムモニラ公爵、恐れながら私もエレノアさんに賛成です。彼女は私が退いた後、殿下の妃候補にも名が挙がっていたほど優秀な方。公国と渡り合う実力はあると思います」

ちょっと待って。何故火に油を注ぎに行ったの。

社交用の綺麗な笑顔を作って、わざわざ壁の花から中心部へと進み出てくれたのはありがたいけれど、見事に公爵を煽ってくれたこの状況に、どう責任を取ってくれるのか。

思わず抗議の視線を送れば、更にローラの目の中の面白がる色が濃くなった。

あぁ意味がない。むしろ逆効果と言っていい。

ならば。

最後の頼みに、王族が座る壇上へと目を向ける。頼ったのは、王族席の殿下――の隣のリンドーラだ。

心得たと言わんばかりにしっかりと頷いた彼女に、ホッと胸を撫でおろす。彼女が手伝ってくれるのならもう安心だ……と思ったのに。

「陛下。宜しければこの件の事態収拾を、私に手伝わせていただきたいのですが」

「ふむ……良いだろう、やってみなさい」

「ありがとうございます」

もしかして貴女までそちら側につくの!?

違うのよ。「シシリー様ならできますわ」ではないのよ。頷かないで。

はぁまったくもう、みんなして一体どういう事なの。私の期待、すべて綺麗に裏切って。

それどころか見事に外堀を埋められて、皆が協力態勢に入ったお陰でエレノアの士気も上がってしまった。

そして最後はまさかの人物により、退路が塞がれる。

「陛下。シシリー・グランシェーズに公国は荷が重すぎます。いや、そもそも現場に出る事自体が重すぎる。まずは国内で雑用からさせるのが筋かと」

公爵、先程までと言っている事がまるで違う。

公国の担当になれないどころか雑用からだなんて、もしこの言い分が通ったら。

偏見が絡んでいる以上、時間による解決に期待するのは不確実だ。

彼は外交長官である。雑用になればどれだけの月日が経とうとも「まだ修業が足りん」と言う事ができるし、このまま行けば、いずれ人の実務経験の機会を奪った自分を棚に上げて「いつまで経っても実績を出さんとは、これだからやはり女は」とか「女なのだからそろそろ家庭に入っては？」などと言い出しそうである。というか、絶対に言う。

「公爵の意見は理解した。して、シシリー・グランシェーズ。そなたはどう思っている？」

陛下からそう問われ、私は小さく息を吐いた。

最初はエレノアたちに逃げ道を塞がれたと思ったが、公爵が私を排除するような条件を出した今、状況は百八十度変わった。

ここでの私の敗北は、これからの私の外交官生命に差し障る。初の女性外交官としても、ここで屈して後進の道を閉ざしてしまっては、幼い頃の陛下との約束を違える事になる。

胸を張り、あごを引いた。まっすぐと公爵を見据え、堂々と宣戦布告する。

「もちろん納得できません。せっかく得られた外交官という将来をみすみす手放す訳にはいきません」

これはある意味いい舞台なのかもしれない。

遅かれ早かれ直面した問題だ、この際だから今後牙をむくだろう周囲の嫉妬と異分子排除の精神を、公衆の面前で先に潰しておくことにしよう。

新しい環境、それもずっと願っていた環境に身を置けるという事で少々弱気になってしまっていたけれど、今思えば何とも私らしくなかった。後顧の憂いはここで断つ。

私の意志に、公爵は「フンッ」と鼻を鳴らした。

「意気込みだけではどうにもならぬ。女は政治の道理も知らぬ。若者には経験もない。両者を内包する者に、政治事を含む交渉などできる筈も無い。どうせ先方に言いくるめられて不利な契約を持って帰ってくるなら、使者など出さない方がまだマシだ」

たしかに彼の言う通り、現在の常識に照らし合わせれば、政治を知る女性は少ない。

そもそもこの国では「政治は男が考えるべき。女性は首を突っ込むな」という考え方が根強いのだ。政治を語る女性というのは、ただそれだけで敬遠される風潮がある。

誰だって進んで敬遠されたがりはしない。政治を学ぶ女性人口自体が減るのも必定だ。

が、それにも一部、例外がある。

「そんな言い方、シシリー様に失礼ではありませんか!?」

エレノアがキャンと公爵に吠えた。

私のために怒ってくれる気持ちは嬉しいけれど、ここは公衆の面前だ。公爵に面と向かってくってかかる令嬢など、彼女の評判に差し障る。

流石に「ちょっと落ち着いて」と彼女をやんわり窘めたところで、今度はモルドが発言の許可を求めて陛下からの承認を得た。

「ムムモニラ公爵、貴方の言い方では『シシリー嬢には外交官相応の知識が無い』と言っているように聞こえます」

「だからそう言っている」

「ならばまずは、その思い違いを正さねばなりませんね」

「何?」

即答で断じたモルドに、公爵は片眉を吊り上げた。若者に生意気な口を利かれて、不快感を抱いたのだろう。彼をギロリと睨みつける。

「えらい自信だが、何故そんな事が言い切れるのか理解に苦しむ。実際に失態を犯してからでは遅いのだぞ?」

彼の言葉が私には「何も知らぬ者が無責任な事を言うな」と言っているように聞こえた。

モルドもまた、同じように感じたのだろう。一つ「大変な重責のあるお仕事ですから、公爵が石橋を叩いて渡りたい気持ちも分かりますが」と前置いた上で、公爵に言を突き返す。

「言い切る根拠は存在します。彼女は学園を首席の成績で卒業し、外交官試験にも初受験で合格しました。でなければ、この場に立つことさえ許されなかった筈。違いますか？」

王城で行われる試験の中でも、最高難易度なのが外交官試験だと言われている。

二回目の合格でさえ「すごい」と囃し立てられるこの合格を、私が一発で勝ち取ったのは、たしかに曲げようもない事実である。

が、公爵は鼻で笑った。

「最年少で一発合格を果たしたからといって、それが一体何だというのだ。年齢や受験回数を一々論っても、正直言ってなんの意味もない。むしろ滑稽ですらある」

「仰る通りです、公爵」

彼の言う通りだ、そのようなものに意味はない。

間髪を容れずに頷いた私に、公爵がわずかに目を見張った。

すぐに口の端に浮かべた笑みは、勝利を思っての事か。だとしたら、申し訳ないが意には添えない。だってこれは、降伏宣言ではないのだから。

「年齢や受験回数は関係ありません。私たちは歴代の合格者と同じ難関を、きちんと乗り越えました。もし私の政治に関する知識不足を懸念するのなら、それは試験それ自体の不足を指摘しているも同義です。公爵は、少なくともここに居るあと二人の合格者たちにも同じように、知識不足による修業期間を設けた上で、これまでの試験内容の審議と精査を行うおつもりですか？」

「えっ」

この私の言及に、すぐ隣から小さな驚きの声が上がった。

声の主は、同期の合格者だ。上がった声は一つだったが、もう一人もちゃんと「それは困る」という顔になっている。

おそらく彼らはこの騒動を、対岸の火事だと思っていたのだろう。私は女だから論われているだけで、男の自分には関係ないと。

しかし巻き込ませてもらう。

遅ればせながら彼等は瞳に抗議の意思を灯し、公爵はまるで苦虫を嚙み潰したかのような顔になる。

流石に試験自体や他の合格者たちまで否定するわけにはいかないのだろう。が、それでも彼は己の正当性を諦めない。

「しかし外交的難易度が上がっている公国は、年若く外交官としても新人の人間には、やはり無理だ。経験値を上げるためにも、特別な研修が必須だろうな！」

この言には一理ある、と周りは頷いた。が、少なくとも私には、必ずしもそうだとは思えない。

これについてはぜひとも自分で物申したいところだけれど、先程からずっといい子で「待て」をしている彼女の目が、発言したいとかなり主張してきている。仕方がなく発言権を譲る。

「何か言いたい事があるかしら？　エノ」

「あります！　それはもう、たっくさん！」

そうなのね。どうかお手柔らかにお願いしたいところだけれど。

「新人だから、若いからって、必ずしも経験が不足しているという訳ではないと思います！　少なくともシシリー様には、既に十分な経験がありますし！　私なんてもう、何度助けていただいた事か。シシリー様はすごいのですよ!?　楽しくお喋りしているだけで、気付いたらいつも、いつの間にか全ては解決しているのです！」

たしかにエレノアの手助けは、これまでに数えきれない程やってきた。けれど、まさか『気が付いたら勝手に解決している』と思われていたとは。どうりでいつも彼女から、あまり危機感が感じとれない訳である。

一方、怪訝そうな顔の公爵を見たエレノアは、どうやら「具体例が無いからピンとこないのだ」と思ったらしい。

「公爵もご存じの案件も多いと思います！　『殿下とローラ様の婚約破棄』に『リンドーラ様の、王太子新婚約者への擁立』。少し前には『ベットーラ侯爵子息とビンズ侯爵子息の大喧嘩』に『王城での資産管理を発端とする使途不明金事件』の解決も。この全てに、いえ、他にもたくさん、執り成して、円満に収めてきたのです！」

エレノアのどこか得意げな説明に、参列者たちの多くが心当たりありげな表情を浮かべた。

「あぁ例の」

「あれもなのか」

「リンドーラ様が婚約者になってから、殿下も更生したしなぁ」

「ではやはり噂通り、諸々の件の黒幕は……」

会場内が俄かに活気づく。特に『殿下とローラ様の婚約破棄』と『リンドーラ様の王太子新婚約者への擁立』はタイムリーな話でもあるので、効果は絶大だったようだ。

が、最後に聞こえた「黒幕」という一言はどうにも頂けない。

ちょうどいい機会だ、この場できちんと間違いだと正しておく事にしよう。

「私はあくまでも、善良なる一貴族です。それほど大それたものではありませんよ」

ニッコリと微笑み告げておく。

よし、これで周りにもきちんと、「私は黒幕などではない」と分かってもらえた筈である。と確信したのだが、世の中そううまくはいかない。

「えぇその通り。シシリー様は決して黒幕ではありません」

「まぁたしかに表立っては、大それた事はしていないよね」

「少なくとも私の件と『王城での資産管理を発端とする使途不明金事件』については、シシリー様の導きがあったと私の口から証言できます」

綺麗に微笑んだローラも苦笑気味なモルドも、何故そんな風に一部分を強調した言い方をするのか。

リンドーラに至っては前振りだとでも思ったのか、真面目顔で頷きながらどう考えても逆効果な事をしてくるし、エレノアに至ってはそれらを聞いて何故かドヤ顔。何だか否定する前よりも、黒幕感が増してしまったような気がする。

……もういい、一旦忘れよう。

とりあえず、これまでに私が関わったものを挙げて、一概に経験不足とは言い切れないという空気感を作ったエレノアの功績は大きい。

が、どうやらここで彼女の主張も残弾が尽きてしまったようだ。

まだいまいち説得しきれていない面々もいる中で、あと一押しができないこの状況は惜しいと言わざるを得ない。

何かないかと思ったところで、見計らっていたかのように、ローラが一つカードを切る。

「先程から新人・若者・女性を理由に『無理だ』と主張されていますが、私の記憶が正しければ、たしかセイレイン公国との関係を悪化させたのは、かなり経験のある老成した男性外交官でしたよね？　公爵」

おそらく父である宰相伝手に聞いたのだろう。私も知っている情報だからトップシークレットという訳ではないのだろうが、身内の失態を喜び勇んで話す者も少ない。会場内には知らない者も一定数はいる筈だ。

「しかも本人は『口を滑らせた』と言い訳をしているのだとか。そういう部下への教育不足を棚に上げ、新人に『手助けするから一緒に頑張ろう』という言葉の一つもかけられないとは。同じ部内の仲間、志を共にする同胞ですのに、少し悲しいものですね」

頰に手を当て憂いの表情を浮かべたローラは、流石はつい先日まで王妃教育を受けていただけはあると納得できるだけの説得力を有していた。

そんな彼女にすかさず乗ったのはモルドである。

「そういう事なら、陛下がシシリー嬢を登用しようとした理由も、何となく理解できる気がするよね。少なくとも口を滑らせたりは絶対にしないだろうし」

「それに加えてシシリー様は、既に先方に気に入られているようですから」

「へぇ、そうなんだ？」

「彼女がした贈り物のお陰で、我が国に対する先方の心証が幾分か回復したのですよ」

「つまり彼女は『先方との関係修復を改めてする手間も省ける人材』でもあるっていうわけだ」

「シシリー様すごいです！」

二人のやり取りに感動したエレノアが、胸の前で両手の指を組み尊敬のまなざしを向けてくる。少しばかりこそばゆいが、使える物は何でも使おう。

「あくまでも個人的な贈り物が上手く作用しただけだけれど」

謙遜しつつも暗に事実を認めると、どこからともなく感心の吐息が漏れ聞こえてくる。

すると今度は壇上から、リンドーラも口を開いた。

「最初はシシリー様の公国担当者就任に否定的だった場の空気が、今や納得の方向へ傾きつつあります。この現状だけを取って考えても、彼女の場を掌握する力の高さは明白。少なくとも公の場でも十分に闘える事の証明にはなったのではないかと思いますわ」

彼女の言は、私寄りのローラのものとは少し違い、努めて中立的な物言いだった。宰相や陛下を含めて彼女に反論を挟む者がいないという事は、客観的に見てきちんと中立性が保てているという事なのだろう。

この状況には流石の公爵も、グッと押し黙るしかない。

周りから、チラホラと「たしかにそれならシシリー・グランシェーズに公国を任せても」という声が出始めた。

もしかしたら、先程のローラの言葉のお陰で『シシリー・グランシェーズを主担当に置きつつ、手助けする熟練者を補助に付ける』という選択肢が新たに生まれた事も、けっこう大きいのかもしれない。

外交上の最悪の事態は、戦争だ。それを最短距離で回避できる手だてが『新人の若い女』だとしたら、そんな理由で使わないのは勿体ない……というのが参列者たちに芽生えた新たな見解のようである。

もしそれを無視すれば、外交長官の強権を発動した人事操作だと揶揄される事になるだろう。

多くの揶揄は周りからの支持を失わせ、支持の低下は人望に直結する。

外交長官の任命権を持つ陛下は人格者で、国の重要部署を取り纏める人間に人望を求めるのは明白だ。今の地位に居たいのならば、これ以上踏み込んだ事はできない。

公爵は悔しげに唇を噛む。しかし諦めの悪い彼は、リンドーラの言葉を聞き逃さない。

「少なくとも将来国政の一部・社交事で矢面に立たなければならない立場として、私は彼女の能力を高く買います。正直言って、喉から手が出るほど欲しいと思うくらいには、羨ましい能力の高さですわ」

一聞すると、近い将来王太子妃になる人間が私に向けたただの称賛だったが、苦し紛れの公爵の呟きからまた少し風向きが変わる。

「……社交の場と外交の場は違う」

「一体どういう意味ですか？」

怪訝顔になったリンドーラ。一方彼は、どうやら自身の言葉の中に、自身の主張を通すための活路を見出したようだった。

苦々しい顔が一変、思案顔を経て口の端を上げたしたり顔になり、演説を再開する。

「外交官に必要なのは、厳密に言えば多くの人間の心を掌握する力ではなく、一対一の場での交渉能力だ。彼女が最も己の能力を発揮できる場所は、外交の場ではなく社交の場なのではないか？」

話しながら主張を矛盾なく論理立てていく手腕は、流石は外交長官だ。勝ちを確信した笑みを浮かべるだけの事はあって、痛い所をついてくる。

「殿下の婚約者殿がどれだけ彼女を買っているかは存じないが、それ程欲しいというのならば、彼女にはこの際外交官職を辞退してもらい、もっと別の場所で持ち前の社交スキルを活かせる職に就いた方が、誰のためにもなるのでは？」

先程までは「現場に出さない」という話だったのに、いつの間にか外交官職を辞する事になっている。ますますひどくなる要求に、最早失笑しか出ない。

対するリンドーラは、おそらく社交場の話を引き合いに出した自分の失言に気が付いたのだろう。その上明らかに彼女自身や私を軽んじる発言をされて、悔しそうに顔を歪ませる。

彼の言動の裏には、明らかな女性蔑視の意識がある。それでも彼女に言葉がないのは、彼女が反論できるだけの材料を持たないからだ。

しかしこの場でたった一人、私だけは一つだけ返せる言葉がある。

「――たしかに今この場で私が示せる資質なんて、所詮は社交界で実践できる範囲のものでしかありません。それが『外交官として動いた時に必ずしも役立てられる』とは言い切れませんし、相応の実績も出せていません」

「そうか。ならば潔く、外交官職に就くのは諦めるのだな。何なら私が他の職に口利きをしてやっても――」

「いえ、その必要はありません」

言葉を被せたのが気にくわなかったのか、不快そうな顔をされたが気にしない。

外交官になるのが茨の道だという事は、最初から分かりきっていた。それでも自分の人生をかけてなると決めた職だ、自分から諦めるなんてあり得ない。

私だけにできる最終手段。捨て身だから本当はやらないに越した事はなかったのだけれど、エレノアが、ローラが、モルドが、リンドーラが、ここまでお膳立てしてくれたのだ。

私が腹を決めなくてどうする。

「セイレイン公国との外交は、私の外交官生命にかけて必ず成功させてみせます。――年

齢や性別に必ずしも結果が左右されない事を、必ず証明してみせます」

いつか陛下に告げたのと、同じ言葉を陛下の前で再び告げた。

胸を張り告げた宣誓は、会場内に凛と響き渡る。

陛下はあの時のように言葉を返したりはしなかった。それでも私を見守る彼の目は、少し嬉しそうな色を灯している。

「貴様……そんな事を言ったからには、もし結果が出なかったらどうなるか分かっているのだろうな⁉ 即刻クビだ！」

先程までの優越感はどこへやら。公爵は、両手をギュッと握りしめて、ワナワナと体を震わせ始めた。が、それがどうした。

「ええそれでも」

それでも外交官になりたい。そして立つのだ、ゼナードお兄様の隣に、いつか。

まっすぐに公爵を見据え、心の中で改めて誓った。

しかしその時だ、割り込むように慌ただしい足音が会場の外から聞こえてきたのは。

半ば反射的にそちらを向いたのと、公爵の「何故お前がここに……！」という狼狽えた声が聞こえたのはほぼ同時だった。

髪を振り乱し、息を切らせ、人垣をかき分けてやってくる彼は、確か公爵の三番目の息子だった筈である。

仕事着である文官服を着た彼は「父上がこの場で陛下にグランシェーズ嬢に対し一言申していると聞いて、仕事を途中で同僚に任せ、急ぎやってきたのです」と言い置いてから、深々と頭を下げてきた。

「陛下、そしてグランシェーズ嬢、父の愚行をお許しください」

「子の失態の責任を親も背負う事はあれど、その逆を強いるほど私は狭量ではないが？」

「いいえ、今回父が騒いだのは私のせいなのです」

ここまでキッパリと言うのだから、それなりの確信があるのだろう。

どうやら陛下も同じように思ったようで「というと？」と彼に尋ねる。

「実は私も、今回の外交官試験の受験者だったのです。その時に『もし合格したら』と、ある願掛けをしておりました。ですが、結果は不合格。それがショックで思い悩み、最近少し食事が喉を通らない日々が続いてしまい……父はそんな私を見て私の繰り上げ合格を狙い、このような事を起こしたのではないかと……」

「何故それを――」

「知っているのかって？　たまたま見てしまったんだ、書斎で『次点はアイツだったのに』って机を強く叩いていたところを」

慌てた公爵との親子のやり取りを聞きつつ、少しやつれている彼の顔を見て私は「なるほど」と思った。しかしおそらく彼の予想は、一割正解といったところだろう。

「いえ、元々『若い女性』の登用自体に反対だったところに今回の配置が重なった結果でしょうから、貴方のせいではないでしょう」

少なくとも私が知る公爵は、ゼナードお兄様から聞いていた彼は、偏見こそあれど外交官のプライドを私欲に売り渡すような事はしない人だ。これだけは断言ができる。

一方でローラは、容赦がない。

「まぁ『席が空けば次に座れるのは息子だから一石二鳥だな』くらいの事は、思ったかもしれませんけれど」

公爵の顔がピクリと歪んだから、おそらく図星だったのだろう。それを見て、彼が「父上」と口を開く。

「もしこれで席が一つ空いたとしても、相応の実力が無い人間に務まるような仕事ではない。そういう職に就いている貴方を、私はこれでも尊敬しているんだ。それに――」

一瞬だけ言い淀んだが、すぐに何かを決意したような顔になる。

「元々あんな願掛けは、逃げるための言い訳でしかなかったんだ」

そう言うと、彼はつかつかと歩き出した。

皆が目で追う中で、彼が立ち止まったのは淡い空色の髪の女性の前だ。彼女にバッと頭を下げ、手を差し出してハキハキと告げる。

「ローラ・カードバルク公爵令嬢！　陰ながら、ずっと想いを寄せていました！　私と結婚を前提に、お付き合いしていただけないでしょうかっ！」

想像だにしていなかった展開に、誰もかれもが驚いた。もちろんローラも驚いて、目をしきりにパチクリとしている。

ここまでの言動を見るに、誠実そうな男性だ。爵位だって、三男とはいえ同じ公爵家。顔もスタイルもそう悪くない。少なくとも、最初から「論外」と切り捨てるような物件ではないけれど――。

「お気持ちは嬉しいのですが、ごめんなさい」

密かに芽生えた物見遊山的な期待が、一瞬でクルリとがっかりに転じる。

エレノアなんて、色々と急展開すぎたのか。口がポカンと半開きだ。

しかし状況は、すぐにまた反転してみせた。

「実は私、ルイゼビリ王国の第二王子との婚約が、既に内々に決まっているのです」

「えぇーっ⁉」

エレノアが、顎が外れそうなくらいの勢いで口を開けて驚いた。淑女としてあるまじき失態だが、それを指摘する余裕は今、私を含めて誰にも無い。

「この後、皆さんの前で発表する段取りだったのです」

少し発表をフライングしてしまいましたが、とローラが続けたところで、陛下がコホンと咳ばらいをし、改めて「この婚姻が、二国の新たな架け橋になるだろう」とローラの婚約を発表した。

ルイゼビリ王国といえば、海に面した富豪国であり誰もが知る友好国のうちの一つだ。第二王子といえば、精悍で勇敢で下々にも心を砕くという噂だから、国同士の関係性を考えても、ローラ個人の事を考えても、かなりいい話だろう。

辺りがワッと大きく沸き、ローラに祝福の拍手が贈られた。

私も拍手を贈りながら、先日彼女が開いたお茶会での事を思い出す。

たしかお茶菓子が、かの国から取り寄せたものだった筈。なるほどそういう繋がりだったのか。

妙に納得すると同時に、今日まで誰にも悟らせなかったローラに思わず感心した。

しかし彼女のすごいところは、何もそこだけではない。

抜け目のない彼女は、一瞬で玉砕の憂き目にあった挙句に衝撃の発表の踏み台にまでされた犠牲者の救済も忘れなかった。

呆然としていた彼のもとに微笑みと共に歩み寄り「でも貴方の気持ちはとても嬉しく受け取りました。どうかこれからも、誠実さと勇気を持った貴方でいてください」と声をかける。

顔を赤くし目を潤ませた彼の表情は、最早女神を見るかのようだった。

場を包んだ祝福ムードによって、私の任地問題はこれ以降この場で話を蒸し返されるような事はなかった。

こっそりとリンドーラが何かを陛下に進言していたのと、しばらくの後に公爵がひそかに陛下に呼ばれていたのは知っていたが、すでに私が言いたかった事は全て伝えた後である。

今後どうするかは、陛下の采配に任せよう。一人、そう思ったのだった。

エピローグ

就任パーティーから三週間後。王城を出立する馬車の前に、見送りの者たちが集まっていた。

この馬車の行き先はセイレイン公国、もちろん乗るのは私である。

「あれ以来、かなり忙しくしていたと聞いています」

「えぇ。でもリンドーラさんが陛下に『私と公爵の間にきちんと決着をつけてから送り出すべき』と進言してくれたお陰で、後顧の憂いなくこの国を出発する事ができるわ」

ローラとは久しぶりに話すなと思いながら、出発前の時間を惜しむ。

ここのところ、ずっと国外への嫁入り準備に忙しかったらしい彼女と、公爵に認めてもらうために仕事に邁進していた私。互いに時間が取れなくて、あれ以来一度も会えていなかった。

「ムムモニラ公爵には腕試しとして指定された期間、実に細やかに指導をしていただきましたから、最早公国へと出向く事には一片の不安もありません」

胸を張って堂々と言うと、クスクスと笑いながらローラが「シシリー様？」と尋ねてくる。

「別に言ってもいいのですよ？　『些細な事を一々掘り返されて面倒だった』と」

「止めておくわ。どこに耳があるか、分かったものではないのだから」

「その警戒心、流石は公爵が出した課題をすべて見事にクリアして認めざるを得ない状況に持ち込んだだけの事はありますね」

「それは褒めているのかしら？」

「もちろんですよ」

本当かしら、と疑いの目を向けていると、横からモルドが「それで、その公爵は？」と聞いてくる。

「見送りにはいらっしゃらないわよ。昨日の帰り際に長官室へと呼ばれて『私は忙しい。お前如きの見送りに出ている暇などは無い』と言われたし」

「それってその……大丈夫なの？」

「人間関係の事を言っているのならば、問題ないわ。あの方、どうやら少し素直ではない人のようだから。きちんと『まぁ気を付けて行ってこい』という激励の言葉も頂いたしね」

因みにだけれど、先程からずっと長官室の窓にチラチラと人影が見え隠れしている。

気付かれていると知ったらものすごく嫌がるだろうから敢えてこちらからジッと見るような事はしないけれど、なんというか、あれで可愛らしい所もある人なのだ。

「外向きの顔は別に持っていらっしゃる方だし、きちんと結果を出しさえすれば、意外ときちんと認めてくださる人よ」

むしろ外交官としては尊敬すべき点が多い。この三週間、私は私で「彼も伊達に長官なんてやっていないのだな」と実感するいい機会だった。

こうして他愛のない会話で友人とのしばしの別れを惜しんでいると、王城の奥からこちらに向かって走って来る人影が一つ見えた。

今日も派手な服装が、王城の外壁の白によく映える。顔が見えなくても誰か分かるのはある意味すごい事だなぁ、などと思いつつ「そういえば殿下、まだ来ていなかったわね」と小さな声で呟いた。

ローラがクスクスと笑い、律儀なリンドーラが「机仕事をギリギリまでやってから下りるとおっしゃったので、置いてきたのですわ」と教えてくれた。

「どうやら上手く彼の手綱を握れているようね。彼もきちんと執務をしているみたいだし」

「いえいえそんな、まだまだですわ」

なるほどルドガーは『まだまだ』らしい。もしかしたら私が帰って来る二か月後くらいには、飼い慣らされた彼と会えるかもしれない。

「あー、良かった間に合った」

「ギリギリでしたよ？　殿下」

「すまん、ちょっと作業に集中しすぎてしまってな」

声こそツン気味なリンドーラだが、走ってきたせいで乱れたルドガーの髪や襟元を、サッと整えているあたり、献身的で微笑ましい。甘んじてそれを受けているルドガーを見れば、普段の仲睦まじさも透けて見える。

「殿下、リンドーラさんの言う事をよく聞いて、良い子にしていてくださいよ？」

「何だその言い方は。それではまるで、俺が聞き分けの無い子どものようではないか」

「周りからそう思われてしまわないように精進してください、という事です」

「ははは、シシリー。なんか今の、ちょっと母上みたいな言い方だった——痛っ!!」

「私がいつ、貴方の母親になったって？」

ヒールのかかとでしっかりと彼のつま先を狙って踏めば、彼はすぐに黙り込んだ。痛みにもだえ苦しんでいるが、うら若き乙女をつかまえて、そんな風に言うのが悪い。

「リンドーラさん。私に続きローラ様もすぐに、この国を出る事になるわ。もちろん私は帰ってくるけれど、今後は更に忙しくなる。でも貴女なら国内や殿下の事だけでなく、エノの言動の補填や補足も任せられる。安心して国を空けられるわ」

これはけっこう重要な任務だ。彼女にはきちんとバトンを渡しておいた方がいいだろう。

リンドーラは一瞬目を丸くした。しかしすぐに楽しげに笑う。

「シシリー様はエレノアさんの事が大好きなのですね」

「親友だもの。あとは、目を離すとすぐに素っ頓狂を発動するからね、エノは」

「少し骨が折れそうですが、承りましたわ」

「えぇお願いね？　男どもは全く頼りにならないから」

リンドーラの両手を包み込むようにして握り、心から頼む。するとルドガーがムッとして「何だ、俺たちには言わないのか」と言ってきた。よくもそんな事が言えたものだ。

「殿下は先日エノを極刑に処そうとしたばかりでしょうに」

「そっ、それはもうしない！」

「何度もあっては困るわよ。モルド様も、何だかんだでエノには甘いし」

「それはもう仕方がないよね」

「諦めないでくれると嬉しかったのだけど」

慌てたルドガーに苦笑して、飄々と笑うモルドにため息をつく。彼の隣でエレノアが「シシリー様、私の事を心配して……！」と、何やら感動に目をキラキラとさせているが、貴女が妙な事をしなければこんな心配をする必要もない事を分かっているのかしら、この子。

「ちょっとシシリー嬢、あまりエレノアを誘惑しないでよ。先日のパーティーからずっと、二人きりになっても、君の啖呵を思い出してはずっと『シシリー様カッコいい』って言っていて、ちょっと嫉妬ものなんだからね？」

「それは二人の間で解決なさい。どうか私を巻き込まないで」

手をシッシッとやった私を見て、ローラがおかしげにクスクスと笑った。

みんなに改めて最後の挨拶をして、用意された馬車へと乗り込んだ。

後追いで同じ馬車に騎士服の男女が一人ずつ乗り、あとはもう一人、同乗者が来るのを待つだけだ。

窓の外を見ると、エレノアにモルド、リンドーラと殿下、ローラの姿も見えた。

それぞれの形で仲睦まじく支え合う二組。ローラも少し見ないうちに美しさに更に磨きがかかっている。おそらく彼女も婚約者から良質な愛を貰っているのだろう。

——少し羨ましくなってしまうわね。

重要な仕事の門出である。まずは仕事に集中しようと思っていたのに、どうしても私の脳裏にはゼナードお兄様が浮かんでしまう。

せっかく同じ部署の所属になったのに、ゼナードお兄様にはまだ会えていない。

仕事なのだ、仕方ない。そう自分に言い聞かせるも、私が公国に行っている間にお兄様は帰ってきて、私が戻ってくる頃には再び国外へ。

見事なすれ違い生活だ。後ろ髪を引かれるのも必定だ。

所詮私は友人の娘だ。年も一回り弱も下だし、きっと妹も同然にしか思われていない。

それでも好きなのだ。だからなるべく側にいたいのにな、と思いながら頬杖をつこうとした時だった。


「やぁシシリー、こんにちは」


かけられた声に、思わず目を見開いた。

低音の、優しげで甘いこの声を、私が聞き間違える筈がない。

体中の全ての熱が、顔にカッと殺到した。

慌てて姿勢を正し、窓の外に向けていた視線を乗車口へと向けると、タラップに片足を掛けて体を屈め、中を覗き込んでくる切れ長の目と、目が合った。

「……ゼナード、お兄様？」

「他の誰に見えるんだい？」

楽しげに柔らかく細められた瞳に、心臓がドクンと飛び跳ねた。

もしかして、見送りに来てくれたのだろうか。そう思うだけで嬉しくて、頬に熱が集まってしまう。

「い、いつこちらにお戻りに？」

「昨日だよ。ついさっきまで前の出張の残務処理をしていてね、遅れてしまってすまなかった」

「いえそんな、見送りに来てくれたというだけで私――」

「え、見送り？」

お礼を言おうとした私に、お兄様が驚いた顔をした。

そんな顔をする理由が分からなくて、私もキョトンとし返してしまう。

「あれ？　長官から聞いていない？」

一体何の事だろう。

「君の公国行きに一人補佐役が同行すると思うけど」

「えぇ」

それはちゃんと公爵――いや、長官から聞いて知っている。というか今ちょうどその人物待ちの状態だ。

「私がその同行者だよ」

素直にそう答えると、彼はフッと微笑んだ。

「えっ」

思わず声が出た。

「えっ、で、でもお兄様はいつも引っ張りだこで、とてもお忙しい身なのでは？」

「まぁそれは否定しないけれど」

困ったように笑いながら、彼が私の向かいに座った。

「君が行くと聞いたから、ねじ込んでもらったんだ。長官には『これ以上仕事を増やすなど』と、少し怒られてしまったけどね」

「そんな、どうしてそこまで」

長官が怒ったのは、きっとお兄様の体調を心配しての事だろう。私だって心配だ。

どうして忙しいのを押してまで、私について来てくれるのか。口からポロリと零れ落ちた問いに、彼はこちらを見据えて朗らかに笑った。

言葉で答えてはくれない。

代わりに大人の余裕を醸し出しながら、改めて私に「外交官試験、合格おめでとう」と言ってくれるのがズルい。

頬が独りでに熱くなるのを感じながら、ムゥッと口を尖らせる。

驚きやら、嬉しいやら、いじけたいやら。色々な感情がない交ぜになって、もう胸がいっぱいだ。なのにお兄様ったら、更に追い打ちをかけてくる。

「シシリー、大人になったね。もう立派なレディーだな」

「っ！」

この人は、こんなに私を翻弄して一体どうしたいのだろう。

いやきっと、他意なんてまったく無いのだろう。でなければ、こんな恥ずかしい事をサラッと言える筈がない。

……何だろう、ちょっと腹が立ってきた。お兄様はきっと私がいつまでも言われっぱなしでいると思っているに違いない。

「――ゼナードお兄様のために立派なレディーになったのです」

ちょっとした反抗心で口走って数秒後、恥ずかしさに顔が熱くなる。

言わなければよかったと後悔し、それでも彼の反応がどうしても気になって、結局チラッと盗み見る。そして驚きに目を見開いた。

窓の方に目を逸らしたお兄様の横顔が、少し赤い……？

扉が閉まり、ゆっくりと馬車が動き出す。

窓の外から私の名を呼ぶ声は、涙目になったエレノアのものだ。まるで寂しさを埋めるようにモルドの腕をギュッとしながら大きく手を振ってくる彼女に「たった二か月だというのに、オーバーね」と笑いながら手を振り返す。

ついに始まる外交官の仕事に、期待と不安はもちろんある。

しかし同行者であるゼナードお兄様は、今や外交における熟練者だ。彼を見て学べるものは多い。忙しくも充実した旅になるだろう。

だけどお兄様が、そんな顔をしてくれるのなら。

「覚悟してくださいね？」

滞在中の全てが公務という訳でもない。

二か月間もゼナードお兄様と一緒なのだ、先程のあの反応の真意を確かめるには、十分な時間があるだろう。

この旅路の先に何があるのかは、まだ私にも想像しえない。きっとこの先、今まで以上に大変な事がたくさんあるだろう。

それでもたとえば友と体裁、自分の夢と国の未来。両方選んできたように、仕事でもプライベートでも、ゼナードお兄様の隣に並び立てる自分になりたい。

きっとそうなれると信じている。

あとがき

本作を手に取っていただき、ありがとうございます。作者の野菜ばたけと申します。

本作は、小説投稿サイト『カクヨム』にて行われた第7回カクヨムweb小説コンテストの受賞作を改稿したものであり、私のデビュー作にあたります。

このように無事書籍になった事、とても嬉しく思っています。


さて、本作の軸になっている主人公・シシリーは、卓越した事態の修正力・収拾能力を発揮して物事を解決に導きますが、彼女は何も天才ではありません。『なりたい自分』になるために日々努力と挑戦を積み重ねてきた結果が、今の彼女を作り上げています。

それらの原動力になっているのが、恋や夢への想いです。自分を肯定し、胸を張って困難な現実に立ち向かう彼女は、芯の通ったとても強い人ですよね。

……と、こういう事を考え始めると、途端に私の脳内でエレノアが「シシリー様、すごい！」をしきりに連呼し始めるのですが（笑）。私自身、彼女の心根の強さにたくさん励まされ、引き上げてもらったような気がしています。

そう思わせてくれたキャラクターたちに感謝しつつ、だからこそ彼女たちの強さや可愛さ、おバカな所から真剣さ etc……。少しでも多くの心情を皆さまと共有できていれば嬉しいなと思っています。

本作の出版にあたっては、たくさんの方々の手をお借りし、助けていただきました。

本作キャラクターたちをとても素敵に描いてくださった赤酢キュシ先生。右も左も分からない私を優しくフォローしてくださった担当様を始めとする、本出版に携わってくださった多くの方々。

他にも、連載時から変わらず応援してくださっている読者様方や、共に作品を生み出す楽しみを共有してくださっているツイッター仲間の方々からも、日々やる気と元気をもらっています。

この場を借りて、たくさんの『ありがとう』を伝えさせてください。

それでは、またどこかで皆さまにお会いできる日を願って。

野菜ばたけ

「黒幕令嬢なんて心外だわ！ 素っ頓狂な親友令嬢も初恋の君も私の手のうち」の感想をお寄せください。
おたよりのあて先
〒102-8177　東京都千代田区富士見2-13-3
株式会社KADOKAWA　角川ビーンズ文庫編集部気付
「野菜ばたけ」先生・「赤酢キヱシ」先生
また、編集部へのご意見ご希望は、同じ住所で「ビーンズ文庫編集部」
までお寄せください。

黒幕令嬢(くろまくれいじょう)なんて心外(しんがい)だわ！
素(す)っ頓狂(とんきょう)な親友令嬢(しんゆうれいじょう)も初恋(はつこい)の君(きみ)も私(わたし)の手(て)のうち

野菜(やさい)ばたけ

角川ビーンズ文庫　23573

令和５年３月１日　初版発行

発行者――――山下直久
発　行――――株式会社KADOKAWA
〒102-8177　東京都千代田区富士見2-13-3
電話 0570-002-301（ナビダイヤル）
印刷所――――株式会社暁印刷
製本所――――本間製本株式会社
装幀者――――micro fish

●お問い合わせ
https://www.kadokawa.co.jp/（「お問い合わせ」へお進みください）
※内容によっては、お答えできない場合があります。
※サポートは日本国内のみとさせていただきます。
※Japanese text only

ISBN978-4-04-113589-1 C0193 定価はカバーに表示してあります。　◇◇◇

かげろう　つづら
著／陽炎氷柱
ニクロム
イラスト／NiKrome
妹に婚約者を
取られたら見知らぬ
公爵様に
求婚
されました
最低な婚約を破棄したら、
若き公爵様に求婚され
愛されモード突入!?
第7回
カクヨムWeb小説コンテスト
恋愛（ラブロマンス）
部門大賞 特別賞
受賞
伯爵令嬢・アマリアは妹に婚約者を寝取られ、
ヤケで参加したパーティーで婚約破棄をしたい
と見知らぬ人に愚痴を言ってしまう。
しかしその相手は若き公爵で、難なく婚約破棄
を手伝い、今度はアマリアへ求婚してきて!?
好評発売中!!!

●角川ビーンズ文庫●

広報部出身の
悪役令嬢ですが、
無表情な王子が
「君を手放したくない」
と言い出しました
著／宮之（みやの）みやこ
イラスト／黒埼（くろさき）
悪役令嬢＞本命！
広報スキルで
愛する人と幸せになります！
第7回カクヨムWeb小説コンテスト
恋愛（ラブロマンス）部門
大賞＆ComicWalker漫画賞
W受賞
乙女ゲームの悪役令嬢コーデリアに転生した加奈は、婚約者がヒロインに心奪われる時まで、最愛の推しである彼との幸せな日々を送ることを誓う。しかし、前世の知識で尽くすうち、彼の様子がおかしくなってきて……？
好 評 発 売 中 ！

シリーズ
好評発売中！
やり直し令嬢は竜帝陛下を攻略中
WEBで話題！
人生2周目は10歳の竜妃サマ!?
しかも敵だった陛下に求婚してました
永瀬さらさ
イラスト 藤未都也
婚約破棄された王太子と出会った場に、時間が戻った令嬢・ジル。破滅ルート回避のためとっさに求婚した相手は闇落ち予定の皇帝ハディス!? だが城でおいしいご飯を作ってもらい――決めた。人生やり直し、彼を幸せにします！

魔物をペット化する能力が目覚めました

しっぽタヌキ

うちの子、可愛いけれど最強です!?

著／しっぽタヌキ

イラスト／まろ

素敵な騎士団長と
ペット化した魔物に癒され、
最高に幸せな異世界転移!

疲れたOL・透の異世界転移先に現れた巨大なドラゴン。手をかざすとドラゴンはデフォルメされた可愛い姿に!? 「なるほど、私は魔物をペットにできる」助けた騎士団長に聖女として歓迎されるが別の聖女が現れ!?

●角川ビーンズ文庫●